Escala descendente
Enzo Vignone & Guilherme Belopede

cacha
lote

Escala descendente

Enzo Vignone &
Guilherme Belopede

AGRADECIMENTOS

Escala Descendente surgiu incialmente em 2022 como ideia para a gravação de um curta-metragem. Idealizado originalmente por Bruno Teruya, roteirizado também por ele, nós e Letícia Mary Takara. Dirigido por Matheus Beltrão e orientado por Lucas Bocatto. Disponível no YouTube: "Escala Descendente"[1], conta com a participação de muitos amigos e colegas como colaboradores de todos os tipos.

No ano seguinte, decidimos por elaborar uma ressignificação de tudo que tinha sido desenvolvido: baseando-se no roteiro original – muito maior do que a versão efetivamente gravada –, retirar e incrementar, modulando a obra como literária e não mais cinematográfica. Contamos com uma revisão extensa de Núbia Rinaldini e novamente com o apoio de Lucas Bocatto e Letícia Mary Takara. Importante ressaltar também os ensinamentos e reflexões sobre a vida e daoismo com o professor Chiu Yi Chih, cruciais para engendrar certas partes do texto.

Por fim, no processo final de publicação, somos muito gratos à Cachalote, principalmente aos editores, Camilo Gomide e André Balbo e ao publisher, Leopoldo Cavalcante. Também a Calebe Guerra e Lucas Bocatto pela amizade e ajuda na digestão do livro após finalizado.

---

1   Link para acessar: https://www.youtube.com/watch?v=hoci1tw-uQE

I	19
II	23
III	29
IV	33
V	43
VI	51
VII	57
VIII	65
IX	71
X	81
XI	85
XII	91
XIII	95
XIV	103
XV	107
XVI	115
XVII	119
XVIII	129

XIX	131
XX	137
XXI	143
XXII	153
XXIII	155
XXIV	165
XXV	167
XXVI	179
XXVII	183
XXVIII	191
XXIX	195
XXX	199
XXXI	203
XXXII	209
XXXIII	211
XXXIV	215
XXXV	217
XXXVI	223

昔者莊周梦为胡蝶，栩栩然胡蝶也，自喻适志与！
不知周也。俄然觉，则蘧蘧然周也。不知周之梦为
胡蝶与，胡蝶之梦为周与？周与胡蝶，则必有分矣。
此之谓物化。

Um dia, Zhuang Zhou sonhou ser uma borboleta, voava e
voava, vividamente, vivia e brilhava. Tal era que esqueceu
que era Zhuang Zhou. Subitamente, acordou e em dúvida
entrou. Seria Zhou a sonhar ser borboleta? Ou borboleta a,
agora, sonhar ser Zhou? Não sabia… mas então, quem seria?
Entre os dois tem de haver limites claros, de que compete à
Trasnformação dos Seres.

Zhuang Zi

夫大块载我以形，劳我以生，佚我以老，息我以死。
故善吾生者，乃所以善吾死也。

A Terra usa da forma para me carregar, usa do crescimento
para me trabalhar, usa da velhice para me serenar, usa da morte
para me descansar. Assim, ao ver o nascimento como algo bom,
deve-se também ver a morte como algo bom.

Zhuang Zi

堕肢体，黜聪明，离形去知，同於大通，此谓坐忘。

Abandonar a forma corpórea, obliterar o conhecimento, descartar todas as sapiências; e junto ao Grande Dao, unificar-se. Isso é sentar-se no esquecimento.

Zhuang Zi

Porque o tédio é insosso e se parece com a coisa mesmo. E eu não fora grande bastante: só os grandes amam a monotonia. O contato com supersom do atonal tem uma alegria inexpressiva que só a carne, no amor, tolera. Os grandes têm a qualidade vital da carne, e, não só toleram o atonal, como a ele aspiram. (…) Minhas antigas construções haviam consistido em continuamente tentar transformar o atonal em tonal, em dividir o infinito numa série de finitos, e sem perceber que finito não é quantidade, é qualidade. E meu grande desconforto nisso tudo tinha sido o de sentir que, por mais longa que fosse a série de finitos, ela não esgotava a qualidade residual do infinito.

"A Paixão Segundo G.H.", Clarice Linspector

(...)
no sono rancoroso dos minérios,
dá volta ao mundo e torna a se engolfar
na estranha ordem geométrica de tudo,

e o absurdo original e seus enigmas,
suas verdades altas mais que tantos
monumentos erguidos à verdade;

é a memória dos deuses, e o solene
sentimento da morte, que floresce
no caule da existência mais gloriosa
(...)

"A Máquina do Mundo", Carlos Drummond de Andrade

PRÓLOGO

No canto da sala, lá estava, menino franzino, postura ruim e olhar desviante. A professora ensinava a contar sílabas: sí-la-bas. 3, ele falava 4: sí-la-a-bas. A mão enrubesceu, tal qual o sangue arterial, não estava acostumado a levar palmadas em casa. 3 sílabas, ela repetia, ele insistiu nas 4: síl-la-a-bas, agora devia estar certo. A outra mão ficou vermelha, a escola já não era aquilo que imaginava quando entrou pela primeira vez.

A professora continuava a corrigir, ele não aceitava, teimava no erro, de novo e de novo. Em realidade, alguém teria de ceder, ou ele, ou ela, mas nem todo amor profissional conseguiria manter a paciência com o menino, que aumentava o tom de voz a cada tentativa. A professora então disse: "Moacir! Esse é seu primeiro dia! O senhor devia ter mais respeito!". O menino abaixou a cabeça, parecia ter desistido. Ela respirou fundo, olhou para aquele corpo, agora com uma postura ainda pior, contorcendo-se pela cadeira. Olhou para o restante da sala, um barulho infernal, pegou o giz e riscou na lousa; o menino se mexia no ritmo dos riscos, os demais nem davam com os olhos em.

A aula prosseguiu, Moacir não; a professora atravessava a sala, riscos enchiam o quadro, tal qual um quadro do Jackson Pollock, embora ninguém na sala soubesse sobre expressionismo abstrato. Cavalos galopavam pelo quadro, os verdes do quadro negro pareciam grandes estepes, o giz alvo lembrava: Qual a cor do cavalo branco de Napoleão? Moacir movia sua cabeça, acompanhava-os; todos o ignoravam. "Moacir? Já que você está entretido, venha na frente falar a tabuada do 6". Levantando, cambaleia, se apoia na mesa, não cai, o piso range em notas estridentes; "*lá, ré sustenido, fá*, mas, um pouco *bemol*, entre o *fá* e o *mi*, isso dá uma dor de cabeça terrível!"

"Vai vir? Estamos te esperando, não temos todo o tempo do mundo."

Ele berrava: "Três, Seis, Nove, Doze..." "Não!" "Quinze, Dezoito, Vinte e um..." "Moacir! Primeiro as sílabas e agora isso? Pare neste instante." Ele se contorceu mais ainda, dor, mas voltou quieto à cadeira.

Os cavalos corriam; centenas deles, moviam-se para todos os lados, percorrendo os verdes. Cada vez mais rápidos, os braços dela se mexiam. O giz, branco, esbranquiçava tudo; os verdes, os pretos, os cavalos, os outros, a professora, ele: todos deixaram de ser perceptíveis. Tudo nevava, embora ele nunca tivesse visto neve de verdade, mas o branco lhe lembrava dos enfeites americanos de Natal e do globo de neve que seu pai trouxera voltando da América.

O pó branco infiltrou suas narinas, ele espirrou e tudo voltou a ser; ele, a professora, os outros, todos rindo. Ele se encolheu. Aqueles opressivos olhares direcionados a ele; não suportava, sentia-se ignóbil, indigno, incapaz, sabia que não era verdade, como podia? Sendo seu pai quem era, mesmo quase nunca o vendo, sabia, tinha de ser.

Tudo parou.

Pessoas. Relógio. Tic, tac, tic, tac: 11:40; 4/4; 60 bpm. Ruídos. Movimentações. Falas. Gesticulações. Rangeres. Irritações. Rachaduras. Frustrações. Barulhos.

Triiiiiiiim!

A sinestesia se fez presente doravante. O som, que estava em um intervalo melódico entre *dó sustenido* e *ré*, um intervalo microtonal, ressoava em vibrações dissonantes com o primeiro e o segundo harmônico, produzindo um pulsar de vibração tal qual uma ressonância magnética. Moacir tinha sua cabeça agora invadida, seu corpo violado com marcas de agressão por toda parte; suas afiadas unhas percorriam toda a extensão de sua pele, coçando, arranhando, arrancando pedaços. A nota que lá soava não tocava em seu violão, não tocava nos concertos de jazz, talvez apenas em rodas de samba, mas era suficiente para fazê-lo se sacudir e contorcer como uma minhoca no anzol.

Tum, Tum, o seu coração já batia em outra frequência, você já flertava comigo, já antevia o que estava por vir, já via o que veria na vida, já previa a morte da vida, já vivia o viver da morte. Ninguém notou, só eu.

I

Senhores, venho-vos falar sobre o que aconteceu nesses últimos tempos, a vida tem sido dura desde que vim morar aqui; esta casa fede, não sei dizer o motivo, um rato há de ter morrido aqui antes de eu chegar, mas esse não é o ponto. Tudo em minha vida parece estar desmoronando, é quase como as paredes do meu quarto: sujas, descascando e com muito mofo, qualquer dia elas vão recair sobre mim enquanto durmo. De todo modo, era para tudo estar bem, na verdade, não fosse minha mãe.

Sou cheio de talentos, meu saxofone arranca as notas que nem meu pai conseguia. Esses dias, inclusive, fiz uma pequena apresentação em um clube de jazz, no centro, o cachê não era muito, porém, nada paga o preço de ver as pessoas embasbacadas com o nosso som, uma pena que poucas têm o bom gosto para apreciar, a maioria dos elogios vem dos colegas de banda mesmo...

"Enfim, fale mais de você", ele não parava de fazer perguntas, o que você toca, quando começou, como conseguiu aquela vaga, o que planejava, no que pensava e mais, quem eu era; tudo que importa neste mundo é a reputação, se eu fosse um ninguém, tenho certeza, ele interromperia a conversa no mesmo instante, olharia para os lados, passaria a me ignorar, nunca retornaria a qualquer interação com minha pessoa. Felizmente, sou, sim, alguém, tenho a música no meu sangue, e não só pelo meu pai, como pelos pais do meu pai, que já cantavam, tocavam, e eram conhecidos por isso. "Agenor? Agenor Martins?" Meu pai, meu ancestral, reconheciam-no apenas pelo primeiro nome, tamanha sua genialidade, a diferença dele em relação aos demais; como seria comigo diferente? Sua sombra não me incomodava, porque minha luz, sabia eu, estava em vias de ofuscá-lo, isso sim. "Parece que herdou os genes do pai, hein? Daqui a pouco Martins só será Moacir mesmo!" Apesar de concordar, tem um quê de ofensa; relevo porque é verdade o que ele disse. Reconheço, porém, a genialidade de meu pai, e de todos meus antecessores, talento é familiar, isso é indiscutível. Como poderia eu ficar para a história sem o peso de minha árvore genealógica? Parte dela, com certeza, é um pouco questionável, não a do meu pai, claro; mas, não importa, meu nome será capaz de ofuscar quaisquer incertezas que venham a ter.

Senhores, ele passou apenas a fazer perguntas bestas dali em diante, não quero me alongar nesse diálogo, deixo-vos nota apenas de seu enorme bom gosto; trocamos discos essa noite, quem dera eu pudesse encontrá-lo novamente; se o mundo estivesse repleto destes, sei que seria um lugar melhor, seres como meu pai e eu não teríamos de vivenciar tantas situações da pior espécie, tenho certeza de que vós sabeis do que estou falando, Senhores. Não quero soar muito saudosista, mas o bom gosto já foi muito mais presente por essas bandas, não à toa meu pai era valorizado, de fato, tocava até no exterior; saudades desse tempo que não volta, Senhores, compreendeis, não é mesmo?

...

Pois bem, a vida está difícil, mas nada como o jazz para me excitar. Fui me arrumar mesmo tendo tomado banho, ainda cheirava mal, a água, ela sim, era suja, nunca tive coragem para checar a caixa d'água, conformei-me que a estética da sujeira combina comigo; todo boêmio tem um descuido para chamar de seu. Em casa, a garrafa de whiskey matinal foi muito bem-vinda, ajudava-me a pensar quando acabavam os cigarros, além de mascarar um pouco o mau cheiro.

As roupas, por sua vez, variam entre xadrezes e listradas, botões de pressão e chatos, calças largas ou furadas. Talvez eu tenha emagrecido muito nesses últimos meses, substituir refeições por maços e goladas dá nisso – como fechar as contas se não for assim? Não é bom para a saúde, mas o que é bom, afinal? Chapéu só tenho um e ainda bem que a cabeça não diminui, nossas noites no Rio não sobreviveriam sem estilosas coberturas de calvície, os homens não ousariam sair de casa, nem mesmo as meninas. Mas, como ia dizendo, as roupas da noite são as roupas do dia, chuva ou sol, ontem, hoje ou amanhã, sempre elas, meus xodós, Moacir não é Moacir sem chapéu e mocassim. Então, vesti-as e saí, como disse, não como nada, fui direto ao destino, sem parar em local algum. Hoje, é muito fácil se locomover pelo Rio – quem é o prefeito? Para ir até onde tenho de ir só preciso pegar o bonde e esperar alguns instantes. Logo cheguei, não encontrei ninguém pelo caminho; não conheço quase ninguém, na verdade, falo com alguns, às vezes, mas não chego a conhecê-los de verdade e, muito menos, eles me conhecem realmente. Tenho saudades dessa sensação de estar em um lugar pela primeira vez, coisas novas costumam me deslumbrar, mas há tempos que não vejo nada que me atice; chegando lá, foi, acho, a última vez que senti isso; nostálgico.

Lembra-me o sonho americano de Harvard, do mundo novo da criança que sai das asas dos pais. Não que eu goste desses americanismos, mas simpatizo com esse deslumbramento, se a noite era meu conforto, o conservatório era meu desafio, que me deslumbrava e cegava, porém, elevava minha alma. Saudades, foi tão pouco tempo, mas tão intenso, acho que não estava sozinho, ou até estivesse, mas poderia ser mais, sabe? Não acredito no papo místico de emancipação, nem nada disso, mas todos temos potenciais, acho que só no conservatório eu poderia ser mais – que meu pai.

A entrada parecia cintilar, o que era até comum quando bebia, mas não desse jeito, era emocionante agora. Entrando, silêncio, a seriedade estava lá, como o jazz mesmo, não é brincadeira, "Onde é o ensaio dos saxofonistas?" "Sala 407, senhor, seja muito bem-vindo", senti mesmo que esse era o lugar, eles me amavam, com certeza. Estava longe, mas vi uma das figuras da noite perto, fugi, não queria pré-julgamentos, afinal, o que um músico de bar estaria fazendo nesse lugar? Misturei-me, meus ânimos se acalmaram, a cadeira era de ótima qualidade, sentia um conforto uterino, quase como a da casa de minha mãe, tocar saxofone aqui seria como tocar violão no sofá de casa, só sentir, fluir e fruir.

Caminhando ele veio, desengonçado, mas confiante, não poderia temer, então se sentou do meu lado:

II

Ele acorda, escuta o despertador, se irrita, é impaciente, irascível; sente dores na cabeça e no peito, agudas e contínuas. Ele se desespera, põe uma mão na cabeça, aperta-a com força. Não adianta, a dor não vai embora. O despertador o enfurece profundamente, não há como suportar nem mais um instante; ele se levanta e, despejando sua raiva no relógio, desliga o aparelho que há pouco o infernizava.

As dores começam a diminuir, transformam-se em um pulsar e, em alguns instantes, param por completo.

Ele pega, do lado do despertador, sua caderneta. Brinca um pouco com a caneta que estava marcando a página em que parou. Sua escrita não acompanha as linhas, segue, porém, as páginas; só passa para a próxima quando, na presente, não cabe mais nada.

A caneta se encontra com o papel. Ele começa a escrever, acaba de lembrar minúcias de seu sonho. Sonhara com algumas palavras. Aquelas que ainda estão em sua mente, estão também na folha de sua caderneta. Música. Sons. Vida. Sonho. Morte. Mãe. Pai. EU?

Ele larga a caneta, marcando a página, fecha a caderneta. Devolve-a para onde estava, ao lado do despertador. Se movimenta, vai até sua pequena cozinha, com poucos passos, chega.

Abre a geladeira: olha, olha, olha. Não tem nada.

Vai até a mesa. Encara um pão com um pouco de mofo, corroendo-o de dentro para fora. Pega uma faca e retira uma fatia. Leva o pedaço à boca: morde, mastiga, destroça.

Vê uma mosca, seu zumbido o incomoda. Ela voa até o pão, entra na embalagem, e pousa.

Ele mexe os lábios, sorri levemente. Fecha o saco do pão com a mosca dentro, assim ela para de zumbir.

Olha para a pia. Os barulhentos pingos da torneira o distraem, guiam seus ouvidos e olhos.

A louça se acumula, não lava há dias. Pensa um pouco, olha para o pulso, já é hora.

Sai da cozinha, vai até o banheiro. Faz a barba.

Volta à cama, pega as roupas, as únicas sem furos, veste-as.

Anda até a porta, calça o velho sapato, tentou, outro dia, poli-lo, para ver se seu aspecto melhorava ao menos um pouco; não houve resultados, continuava sendo um sapato velho.

Põe na cabeça seu fedora.

Abre a porta.

Deixa a casa.

...

"Primeiro dia?"

"Tocando sim, já conhecia a casa, mas só como ouvinte."

"Conhecia como? Toca há bastante tempo?"

"Sim, meu pai tocava aqui, aliás."

"Ah, então não é um novato tão novato assim."

"Podemos dizer que não, toco jazz desde pequeno e, por conta do meu pai, frequentava conservatórios também."

"Aliás, você disse que seu pai tocava aqui, isso faz bastante tempo?"

"Não muito."

"Qual o nome dele?"

"É um nome meio estranho, Agenor..."

"Agenor Martins?"

"Ele mesmo."

"Como não conheceria! Nesse pequeno mundo só há um Agenor."

"Hahahaha."

"Estou falando sério, pode perguntar para qualquer um aqui ou em outros conservatórios, todos responderão a mesma coisa: Agenor só há um, o Martins."

"Não sabia que meu pai era tão famoso assim."

"Entre o meio de jazz, claro."

"Sim, mas é ele que importa para nós, não?"

"Sem dúvidas."

"Enfim, fale mais de você."

"Eu? Falamos tanto do meu pai, acho que se falar de mim agora, não passarei de uma sombra."

"É claro que não, conhecendo o pai, tenho certeza de que o filho deve ser um gênio. Afinal, o fruto não cai longe do pé!"

"Já que é assim, por onde começar?"

"Talvez... o que você toca?"

"Tudo, você não? Achei que no jazz todos deviam saber tocar tudo."

"Claro que sim, mas qual o seu foco? Seu instrumento principal, quero dizer."

"Não estamos no ensaio dos saxofonistas?"

"Verdade. Desculpe-me se soou estranho, é que às vezes as pessoas param aqui por falta de opção."

"Como assim?"

"Veja meu caso, por exemplo, gosto de violão, mas não passei no exame."

"Se não toca bem o suficiente então não gosta."

"Talvez você esteja certo. Mesmo assim, não queria estar aqui. Acho que você, de família, não sente isso."

"Deve ser, nunca me senti assim, tão incapaz."

"Imagino."

"Continua tocando violão?"

"Toco, quando dá. Os ensaios ocupam boa parte do tempo. Os salários também não são dos melhores; as contas não fecham. Tenho sempre que complementar fazendo alguma coisa por fora. Você não deve ter esse problema."

"Ainda não tive que fazer nada; afinal, é o meu primeiro dia."

"Sim, lembro do meu: cheio de ideais, expectativas, idealizações, imagens, tudo miragem. Logo fui me esvaindo, minha energia foi sumindo e eu, só indo, tentando existir. Espero que não aconteça o mesmo com você."

"Espero que não, espero que não."

"Se você está fazendo o que gosta, já está melhor do que eu."

"O que gosto? O que seria?"

"Não disse que gostava do saxofone?"

"Disse? Talvez tenha, não sei ao certo."

"Acho que disse que não desgostava, deve ser. Toco muitas coisas, não sei se gosto de alguma."

"Por que toca então?"

"Tocar sempre foi natural, não tem muito uma razão, só foi."

"Ia me esquecendo, já que você vem de família. Ah, como queria que fosse assim para mim também: menos dificuldades, mais afinidades com os instrumentos; se assim fosse, não reprovaria tantas vezes nos meus testes; não teria passado como frágil nesse rolo compressor que é o mundo."

"É, deve ser."

"Se não sabe o porquê de tocar, sabe o porquê de existir?"

"Pra tocar."

"Tocar o quê?"

"Agora jazz, por conta da tradição, mas só tocar já vai. Algumas coisas não, claro; a música se torna mais degenerada a cada dia que passa."

"Sei como é. E tocar pra quem?"

"Pra mim, e pro meu passado."

"Passado?"

"Sim, tenho o nome Martins para resguardar."

"Sim, deve ter suas dificuldades, também."

"O quê?"

"Ser você."

"Acho que sim, acho que sim."

"Falando dele, seu pai, como está?"

"Meu pai?"

"Sim, seu pai, Agenor Martins. Não me lembro de ter ouvido dele depois que saiu daqui."

"Ele…"

"Agenor Martins. Agenor Martins? Alguém ressuscitou o homem? Preciso saber, como ele faz falta aqui, não há mais músicos como antes."

"Ele…"

"Verdade. Me desculpe, faz tanto tempo que minha memória falhou. Mil perdões."

"Não é preciso. Não há o que fazer."

"É. É difícil mesmo."

"O quê?"

"A Morte."

"Sim."

"Não é fácil."

"Sim."

"Lidar com ela."

III

Senhores, estava falando sobre o conservatório, não? Por acaso vós sabeis o que é isso? Imagino que não, certo? Posso explicar, é claro. Nada mais é do que um antro cheio de ratos do dia, os desgraçados que se dizem entendidos de música e, não, não me coloco fora destes, esse é o meu ambiente, em realidade; os pretensos músicos somos nós, porque música não se aprende, se é. Você é música? Pergunto sempre aos Senhores no singular – provavelmente esta será a última vez –, pois vós sois um quando respondem, ainda que sejam muitos.

Como dizia, o antro sujo e melódico era bonito – deslumbrante? Via as notas a perambular pelas salas, invadir os corredores, adentrar nas cabeças pelos ouvidos: elas eram sujas, porém melódicas. A harmonia, por sua vez, era tão sinestésica quanto, construía-se em blocos, como tijolos do jazz, como se fosse um piano em movimento constante, no ritmo sincopado de uma valsa malfeita. As paredes de concreto armado esfriavam a região, os músicos, quase todos, como nevasca, dirigiam uns aos outros poucas palavras, como alemães ou ingleses, todos de fato e sapato, enquanto, por fora, o Rio se enterrava no pecado tropical; tristes trópicos. Embora tenham sido comigo, um pouco calorosos – era minha primeira semana – todos queriam se apossar do novato, devorá-lo, um verdadeiro ritual antropofágico; por isso odeio tanto o senhor Oswald! Desde então, a arte tem sido execrável, se me entendeis.

Lembremo-nos, Senhores, de que não era um novato qualquer, era Martins, matar-me não seria suficiente para saciar a sede deles, comer-me também não seria, teriam de se tornar eu, se quisessem suprir sua fisiologia canibal. Teriam, inclusive, de matar Agenor, se quisessem me matar, mas esse já estava morto, por isso, digo com certeza, aqui, não morro.

Os extensos gélidos corredores levavam a congelantes salas, os seres todos nelas se aglomeravam, tentando se aquecer. Tocavam, esforçavam-se; as notas, porém, eram gelo. Os raios luminosos do Rio se condensavam, todos pensavam, as notas saíam, poucos acertavam, os instrutores brigavam; eu entrei na sala e as notas congeladas ebuliram num conglomerado de bolhas sonoras, que logo se expandiram numa massa gasosa amorfa. O ambiente gelado se metamorfoseou numa estranha agonia feliz, como a noite boêmia. As faces relaxaram, abriram-se em sorrisos, os olhos trêmulos umedeceram-se. Sabem o que isso significa, Senhores?

Sim, logo nos primeiros dias, fui reconhecido; após isso, o tratamento se transmutou – recordava-me do processo alquímico; místico, repentino e chato, além de não crível. Nunca fui das ciências ancestrais, nem das ciências acadêmicas; não creio, disso estou certo, não posso crer, mesmo que meu ceticismo já me houvesse alertado em tempos mais inocentes.

"Moacir? É você aí? Quanto tempo, cara!" Fui reconhecido, lembra, Senhores? – Refiro-me, de novo, a vós no singular. Havia-vos dito, não? Lembro de ter comentado. Ma-hef, toquei com ele por muito tempo; vez em quando, encontro-o nos bares. Em casa, ele tem um sitar, ojeriza-me um tanto as notas desafinadas.

O respondi seco, com um "oi" tímido, apenas. "Tá fazendo o que aqui? Você não era o Sr. Uísque?" Não me incomodou, se vós perguntardes para qualquer músico daqui, duvido que alguém diga que não bebe; já tive de levar Ma-hef para minha casa de tão embriagado que ele estava. Disse apenas, então, que passei no teste para saxofonista, nada demais, prestei e passei. "Cara, esse é um dos conservatórios mais concorridos do país e você fala assim? Não à toa que é um Martins, não devia ficar nem surpreso!" O jeito que ele me adulava e o ego era de meu agrado, embora meio entediante; não podia ter certeza sobre a sinceridade dele, a sociabilidade corrompe o homem – estava certo um tal de Rousseau. Forcei uma despedida, disse que estava atrasado e perderia o ônibus, era mentira. "Nos vemos por aí, Moacir."

IV

Vão ficar incríveis! Ele anda por aí, tenta descobrir, não encontra, não se encontra. Não havia muito tempo desde que tinha saído de casa; na verdade, não sabia direito, perdera a noção de tempo, os ontens se amanhãzaram, os amanhãs se ontemficaram. Estava perdido em si, porém, não assumia. De seu auto-desconhecimento, nem percebia. Se tocava e não sentia. Falava e não ouvia. Andava e não saía.

Ele saíra de casa, sabia disso. Lembrava, momento a momento, de levantar, comer algo, se vestir, pegar o fedora, abrir a porta, sair. Depois disso, porém, tudo se embrulhava, confundia-se num misto de palavras e memórias, nada codificadas. Do auge de sua confusão, tentava, persistia.

Em suas andanças, para. Sente a iminência de algo enfrentando seu pessoal espaço. Não consegue analisar ou identificar o quê, mas sabe que algo há.

Escuta algumas notas, ele, certamente, as reconheceria, porém, naquele estado de completa incoerência, nada era sensível.

Ele estica os braços, tenta sentir aquilo que percebia à sua frente.

Seus braços atravessam o nada.

Sua visão o sabota, sua audição o sabota, sua língua está dormente, seu nariz, tapado, e, agora, seus braços atravessam aquilo.

Teria mesmo alguma coisa ali? Ele jura que sim, afirma e persiste. Força seus órgãos sensoriais a perceberem o que ali está.

Resolve dar um passo à frente, dois, três, quatro, cinco; quantos precisar, até com aquilo se integrar. Não tem como estar errado, não é erro possível.

Chega! Seu contorno confirma o etéreo. Seus movimentos o fazem mexer. Suas ações o fazem agir. Seus pensamentos o fazem pensar.

...

O etéreo onirismo tomava conta de sua alma, de forma convexa e côncava simultaneamente, tal como uma explosão implosiva ou vice-versa. Não se pode diferenciar, o Não-Ser estava dentro de si, tal qual a Morte o habitava – o Ser não é clássico, de fato, mas, sim, dissoluto-coletivo, como o *Dasein* Heideggeriano – a vida e a morte são coisas do destino, tão naturais quanto a sucessão do dia e da noite, por isso era o Não-Ser naquele momento, mesmo ainda sendo o Ser, como uma dialética qualquer. A vida não determina o Ser, mas a existência, e, nesse instante, ele não existia.

Em verdade, o surreal estava lá, nada poderia ser feito e isso ele aceitou, meditou sobre a essência do nada sendo o nada, percebeu o quanto nada era e o nada que não poderia ser. Se integrou à melodia nadificante e dançou sob o estridente som do vácuo, era lindo... Até que não era mais, o nada não era mais nada e se tornou tudo, o recuo gradativo se esvaiu, dando lugar ao todo e ele voltou a Ser, não como se cansara, mas simplesmente era, nada poderia ser feito, teria de lidar com esse peso novamente e viver como se já não tivesse sido Não-Ser – ou seria o nada? – uma vez, ao menos.

...

Tarde, muito tarde, quando se achou, era tarde demais, já passava das 23, devia voltar para a pensão antes da meia-noite, por causa do toque de recolher.

Chegou. Tarde, mas chegou. As ruas imundas, os ratos, sim, os ratos, habitavam seu chapéu roído, mesmo que no dia não tivesse visto nenhum na rua, sabia que se escondiam nos bueiros e nas latas de lixo, tinha medo de encontrar um por aí mesmo que fosse uma oportunidade de se vingar por seu chapéu roído. O Rio era sujo, degenerado, o urubu do Flamengo era uma boa representação da podridão da cidade, no fundo, ele sabia, era amigo do rato que roeu seu chapéu e consumidor da carniça que era seu apartamento. Riu um tanto ao pensar na situação, um urubu com a camisa do Flamengo devorando sua casa.

Tinha duas camisas de futebol em seu armário, uma do Vasco da Gama, que ganhara em um de seus shows como comissão, e outra que seu pai lhe havia mandado por correio quando tinha nove anos, da Portuguesa carioca. As memórias se confundiam quanto à natureza desses objetos, não tinham valor algum, se pensasse que entendia lhufas de futebol, tanto fazia quem ganharia o Campeonato Carioca. Porém, ao mesmo tempo, era-lhe claro que era a essência do Rio, de algum modo, sua forma de cultura concentrada, talvez, por isso mesmo sentisse desprezo. Não lhe agradava nem um pouco pensar em cultura urbana, afinal, o que de bom poderia existir nisso? Nada, ele responderia, depois de discutir com seu oponente imaginário.

Em casa, agora sim, sem imundices ou depravações, apenas seu lar, que, mesmo em mau estado, era confortável ou reconfortante, era seu lar, apenas; onde tinha seus discos e livros, instrumentos e roupas, seu chapéu roído. Podia descansar em sua paz eterna, apesar da finitude colapsante de sua natureza; morrer não era opção nesses momentos, tinha muito o que fazer, muito o que pensar, mesmo porque, e o desperdício? O que estaria perdendo? O que pensariam? Não deixaria isso acabar tão cedo, suas viagens pelo nada eram não mais que delírios e sua vida não mais do que as escalas dessas viagens; no mais, tinha que continuar, ao menos por agora, que tudo estava tão perto.

A casa era como o conservatório, um espaço bom, apenas, bom, como significante universal oposto ao mau. Assim, ele dava passos cautelosos por sua extensão, pelo verde e pelo cinza, da poluição e do mato. Fazer piqueniques era uma ideia tentadora, seu imaginário permeado por americanismos via com bons olhos. Dava passos cautelosos entre salas e secretarias, se perdia entre o familiar e o infamiliar, o curioso e o entediante, a casa e o conservatório. As pegadas, elas sim, eram invisíveis, como as de um fantasma, evocavam sua essência etérea, era como se ele nunca estivesse lá (a casa ou o conservatório?), apesar de tão familiar. Arrepios, estes infamiliares ao seu eu, lembraram-no de que não era sua aquela casa e que sua mãe o esperava desde a última vez em que fora embora, assim como esperou seu pai.

Atulhado com tantas descobertas, pôs-se a chorar em seu quarto. Sentia genuína saudade – mesmo que não soubesse do quê, exatamente – de tempos imemoráveis, que preenchiam seu Não-Ser. Na verdade, estava cansado do nada, que antes parecia tão amigável; mas estava tão perto, não podia desistir.

...

Estava por vir, sob o céu nublado da noite abafada do Rio. Seriam esses os indícios das Águas de Março de que tanto falavam? Não saberia. Contudo, tranquilizou-se porque lembrou do final de semana; era sexta-feira à noite. Não tinha energia para sair de casa, no entanto, então colocou um disco na vitrola e pegou um livro de sua reduzida biblioteca.

Ele pensou, pensou muito, até que percebeu que o disco já tinha acabado seu lado A e nem se havia feito notar. Colocou para tocar de novo para agora prestar atenção; era a estreia de Coltrane, uma de suas referências no saxofone, tinha toda sua discografia. O livro, por sua vez, fora deixado de lado. Um mal-estar lhe acometera, ainda assim, ele queria a música, pois era a arte superior, a única que valia a pena ser vivida: o céu preto, completamente negro, sem estrelas, nem nuvens, nem causas inventadas, apenas ele por si só, negro, a terra sem atmosfera. O som por lá passava, mascarado em uma carapaça hermética, preso entre o passado e o futuro. Lembrava tempos inacessíveis, um certo passado evolutivo da espécie, talvez o teórico início do universo ou a sopa primordial.

O saxofone de Coltrane. Mesmo se estivesse guardado em uma caixa especial, em uma carapaça hermética aprisionada entre o futuro e o passado, ainda assim deveria apresentar ressonância. A melodia nunca se dá como realidade, mas sempre está, como se numa falha temporal, no não-tempo da cognição, ou, mais claramente, na Gestalt do sentido. De toda forma, a negritude do céu não permitia o realizar do som, nem mesmo o ecoar da melodia, como se o vácuo intransponível tomasse conta do todo, um abrupto surgir do Nada.

A imagem aludida já chegava à ideia de pântano noturno, em que o som, se conseguisse ser escutado, tomaria forma pútrida; as notas se decompunham. Cheirava mal a matéria musical, as dissonâncias pareciam mais tensas do que já eram; desnecessariamente tensas, quase que em intervalos microtonais. Talvez o vácuo tenha servido agora como distorção do som e não como impedimento.

Dir-se-á do início de uma viagem, uma jornada, adentrar tal pântano, enfrentar o podre que tudo permeava. As imagens se formavam à medida que se avançava; os chimbaus minimalistas se expandiam e construíam chiados aterradores, apontavam para o fato de que as cigarras cantavam escondidas. Os tambores poderiam dizer sobre algum ritual que ocorria ao lado. As teclas, apesar de comporem o mais completo instrumento, soavam abafadas, como se o martelo das cordas as martelasse sem ímpeto, ou talvez, com sua ressonância impedida; o piano, então, aludia aos quases do som. O contrabaixo vinha como se nos pulsos do coração, em um certo infamiliar do ventre materno. Por fim, o saxofone de Coltrane estridulava sem afinação: elefantes jorrando água, intimidava até o maior dos entusiastas. A jornada pelo pântano, por assim dizer, lembrava velhas narrativas, sobres círculos e camadas do inferno.

A harmonia se fazia perceber, era a própria atmosfera. O vácuo pode sugerir que ela não existe, ou que não há harmonia, porém, ele que as compunha, na realidade. A água esverdeada do pântano compunha o todo, deveria também ser referida como atmosfera. Acordes poderiam ser descritos como líquidos e pegajosos, demoravam a dar lugar ao seu sucessor, como se estivessem atrasados. Entretanto, essa era a beleza que restava, era o swing que permanecia, mesmo diante do mal-estar. A mesma Gestalt da melodia se fazia presente na harmonia, as notas em blocos eram como rostos. Nenhum traço facial por si só faz rosto, nenhuma nota solitária faz acorde, o todo é maior que a soma das partes. A distorção, todavia, fazia com que a composição lembrasse o rosto disforme, evocava novamente o infamiliar. Os acordes já dissonavam mais que o possível, o que implicava a existência de intervalos menores que o semitom.

Chegando ao núcleo do pântano, o som passou a demonstrar seu caráter fundamental, acima da distorção, acima do mal-estar. A nota já ressoava sozinha, dissociada do mundo, mostrava sua forma essencial. Pode-se dizer sobre uma visão da perfeição, a idealidade, a nota ideal, com cada um de seus harmônicos: a fundamental, sua oitava, então a quinta desta, logo mais, uma oitava acima da fundamental, sendo assim sucedida infinitamente. Tem-se, portanto, a reconciliação do som, e o desfazer do pântano ao encontrar seu centro.

A diferença que se imporia seria entre algo e nada, a idealidade da nota se contrapunha a seu não-ser, o silêncio; porém, justamente a alternância corresponde ao Belo; exige-se uma composição para atingir a Gestalt da música.

O lado A do disco acabara novamente, e logo seria possível dizer de uma experiência transcendente. Finalmente, um acesso ao Belo, apesar do mal-estar.

Ao sair do pântano, por fim, descambou nas lágrimas, tudo que é som atinge a alma, tudo que é Belo traz à experiência o impossível, o indizível, ou, até mesmo o Real. Encontrar o som, apesar de todos os empecilhos, é a grande beleza possível ao ser, a música expressará a forma e a experiência desta. Chorar é pouco, ao final de tudo.

...

As folhas verdejam a vista, através da maresia ele sente os azuis do mar carioca, os fortes raios solares avermelham todos os seus vistos. Seus olhos estão cansados. Ele está atordoado. Muitas cores, muita informação a ser processada. Sua cabeça já ruidosa se torna ainda mais barulhenta, impossibilitando-o de pensar reais pensamentos. Os devaneios se aproveitam de seus instintos de sobrevivência para tentar perdurar ao máximo em sua cabeça; voam rasantes, um a um, mente adentro. Alguns permanecem ali por alguns instantes apenas, outros duram um pouco mais. Uma verdadeira chuva torrencial, na cabeça e na rua.

O céu se fecha de repente, as torneiras se abrem com ímpeto. Seus pensares todos, de tão velozes, se tornam cada vez mais indistinguíveis. O barulho ao redor também aumenta, as calhas estalam a cada gota que cai, pesada e grossa. As pessoas na rua gritam, sua janela lhe conta. A vista cansada se recupera com as tragédias: tantos piqueniques perdidos, americanismos destruídos, planos assassinados sem piedade, bons olhos malvistos.

Ele tenta se acalmar, não consegue parar a cabeça de girar. Imagens vem, ideias vão. Seus devaneios se intensificam, junto à chuva e à rua. A chuva para. Sua mente continua em suas correrias intermináveis. Ele põe a cabeça para fora. Olha para cima, para baixo, para os lados; tentando perceber seus entornos. A chuva realmente estava parando, as pessoas voltavam a andar. Algumas poucas gotas caem em seus olhos. Eles se molham, se refrescam do bafo do Rio. A água escorre e se transforma em lágrimas. Ele se transforma em chuva.

As pessoas na rua se molham; quando olham para cima o veem. De seus olhos nasce a chuva. Ela desce como rio, com a força da gravidade. No fim do curso se dispersa, uma foz em delta. Jorrando sobre a cabeça das pessoas. A chuva é lamacenta, cheia de pensamentos, devaneios. As pessoas se zangam com toda aquela lama, as caras se fecham, assim como o tempo; são espelhos do céu chuvoso. Ele vê aquelas faces de olhos fechados refletidas nas lágrimas que escorrem pelo seu rosto, jorrando sobre si mesmas. As cópias destroem as originais, obedecendo infalivelmente às leis da gravidade.

Ele volta a cabeça para dentro, a água deixa de jorrar. Não há indícios de que nada daquilo acontecera. Na rua não há ninguém, já é noite. Seus devaneios o deixaram, foram levados abaixo com as águas. Ele consegue pensar. Suas capacidades mentais retornaram. No entanto, sua natureza permanecera, sua mente sempre fora, essencial-mente, devaneadora.

Está em uma casa sem entrada. Ele visualiza isso bem: uma vez dentro, têm-se apenas duas opções: permanecer ali para sempre ou sair e nunca mais voltar. Não localiza as origens dessa ideia, mas a sente viva. Ela palpita em sua mente, vai e vem, em um ritmo fixo, juntando-se a todas as músicas que ouvira. Ele vê uma pessoa, uma sombra, saindo ou não da casa: seus pensamentos se separam em dois, são as duas únicas opções possíveis. Em uma delas, a sombra deixa a casa, no exato momento, o local desaparece sem deixar rastros, como se nunca tivesse existido; essa sombra continua existindo, sua vida continua em pé, ainda há progresso. Na outra opção, a sombra deixa de viver, passa a apenas existir; decide permanecer na casa, lá fica para sempre, as coisas dali não mudam, é tudo imutável: a vida, o local, as coisas; o progresso deixa de existir, o tempo para!

Ele desperta novamente, sai de si, volta à sua casa, a que ainda tem entradas, assim espera. A porta, imóvel, a janela – agora fechada – também não se mexe, suas coisas, todas paradas em seus devidos lugares, apesar da completa bagunça. Porém, sua casa, como um todo, se move, não sabe se por causa dos movimentos dos vizinhos ou outra coisa qualquer. Ele se deita, tenta dormir.

Não consegue! Desiste. Vai fazer alguma coisa, ele vai. Não sabe o que fazer. Aquela casa é demasiadamente chata, as coisas todas acontecem, mas nada muda. Tudo é imutável. Não quer isso. Falta tão pouco.

V

Senhores, façam-me o favor, onde andam vossos ouvidos? Onde andam vossos bons viveres e maus cantares? Disseram-me que bastava soar bem aos ouvidos, eu discordo, acho que deva soar [incrível] bem à alma. Um tal de Immanuel Kant dizia que a Arte é o que transcende a alma. *Tuc Tar á-ta Tuc tAr á-Ta tUc taR á-tA tuC tAr Á-ta*. Desculpem-me, a Música invadiu minha mente por alguns instantes. Senhores, perdoem-me, onde estava eu mesmo? Verdade! Verdade, com vossas palavras, recordo-me. Parei na conversa com Ma-hef, certo? Imagino que sim. Vós dizeis-me o mesmo, escuto-vos bem, escuto-vos bem. Aquele dia, forcei uma despedida com ele, lembrais-vos? Deveis lembrar, não faz tanto tempo desde que vos disse isso. É uma pessoa estranha, esse Ma-hef. Acredito ser o único a quem posso chamar de amigo. Pensais que o tratei mal? Não me entendeis mal, Senhores. Naquele dia, não estava bom para conversas. Eu só falo com quem e quando quero. Apesar de ser meu amigo, não tem nenhum direito sobre meus agires. Sobre como o descrevi antes? Sim, talvez tenha sido um pouco maldoso, mas é tudo verdade; pelo menos se estiver me recordando corretamente. Enfim, ele é o mais próximo que tenho de um amigo.

E vós? Os Senhores são muito mais que meus amigos; estão em outra categoria. São meus confidentes. São com quem me sinto livre para me abrir e dizer tudo o que quero.

Não faço isso com ele, claro que não faço isso com ele! Como poderia eu? Imaginem as consequências que isso poderia causar. Não gosto de correr riscos fúteis; prefiro-vos. Enfim, após aquilo fui à casa. Verdade, disso já sabem.

O que vos contarei agora, não me lembro direito. Sinto que, se for muito linear, cansar-vos-ei. Sei que vós já sabeis de alguns dos acontecimentos da minha vida. Como sabeis? Disso eu não sei, Senhores. Mas, tenho certeza de que sabeis, algo faz com que sinta isso.

Mil perdões, Senhores. Não sei se foi uma boa ideia referir-me a vós hoje. Parece-me que vim apenas desperdiçar o vosso precioso tempo. Saibam que nunca foi minha intenção, já deveriam saber, não é verdade? Saber o quanto vos valorizo, vós e vossa estimada companhia… Encontrei! Já sei o que vos posso relatar hoje, Senhores. Algumas manhãs após aquele dia, acordei muito estranho. Sentia-me no corpo errado. Não consigo explicar melhor do que isso. Fora realmente uma experiência única. Enfim, nessa manhã me senti diferente; algo em mim tinha mudado de natureza. Deixara de ser humano? Não sei o que quereis dizer, o que seria eu senão humano. Estava estranho, é isso. A rotina deveria ter sido a mesma. Embora, não tenha sido. Nessa manhã acordei assim e fui para o conservatório. Tudo estava normal – apenas na rotina; como disse, eu estava diferente. Entrei, fui até minha sala e o ensaio teve início. E então foi interrompido. O que o interrompeu? Não consigo vos dizer, Senhores. Esses momentos foram apagados da minha memória. Não sei se o ensaio foi interrompido ou apenas eu.

Não importa muito, de qualquer forma, não? Discordais de mim, Senhores? Dessa vez, terei que discordar de vós. Sei, tenho completa consciência do vosso altíssimo conhecimento e erudição. Porém, como vos disse, não importa muito saber ou querer saber tantos porquês. Estou quase conseguindo o que mais queria na minha vida: chegar em algum lugar na sociedade; do que valeria, agora, desgastar-me com discussões polissêmicas, ainda mais uma tão metafísica como essa. Pois, afinal, como saberei de fato o que ocorreu? O que [me] interrompeu?

Logo em seguida, lembro-me, apenas, de ver o rosto do Ma-hef. Ele me olhava com uma cara esquisita, parecia que tinha feito algo de errado. Como disse, desde a manhã, sentia-me estranho; tais olhares apenas intensificaram os sentires. Levantei-me com ímpeto, estava de volta. Nada a frente, passara a interrupção. Perguntei a Ma-hef, então, o que tinha se passado. "Não sei, não, Moacir. Te encontraram apagado na sala. Te levaram para fora e, no meu intervalo, te avistei e vim tentar descobrir o que tinha acontecido." Como podeis ver, Senhores, muito amigo é esse Ma-hef. Mesmo assim, ele não sabe o que se passara comigo.

A preocupação dele apenas aumentou quando acordei, porém. Ao perceber, pois, que algo estava estranho: havia sido interrompido e nem eu nem ninguém sabia o motivo. Ele decidiu que a melhor opção seria me levar para a casa dele. Já fora lá uma vez, se lembram, Senhores? Faz muito tempo desde que vos disse isso, talvez não lembreis. Claro que não estou a fazer graça de vós. Como poderia?

De qualquer forma, contarei novamente como é aquele local que tanto amo quanto odeio. Deveis lembrar que, há pouco tempo, falei-vos de Ma-hef e mencionei que ele possui um instrumento peculiar, um sitar. Esse, Senhores, esse é o motivo da minha estranha relação com aquele local. Vou mais a fundo, afirmo que, com certeza, visto a estranheza interna que me assolava naquele dia, nunca deveria ter pisado naquela casa naquele momento.

O clima era efetivamente alucinógeno, isto é, propenso a alucinações, e já estava farto delas, já bastava, e Ma-hef, mesmo sem ter consciência de minhas condições, deveria saber disso. Seria um favor se ele se livrasse de tal aberração. Senhores, aquilo era um sitar, se não sabeis, trata-se de uma das maiores abominações musicais, dois metros de mogno quase maciço, cordas de aço vibrantes e inúmeros, inúmeros trastes, ó, Deus! Onde estavam as oitavas? Conseguia ouvi-lo desde longe, mesmo que nem estivesse sendo tocado, sua existência era a maior das abominações! Senhores, acho que não compreendeis, trata-se da microtonalidade, eu estudei música, sei disso, e digo: Afastai-vos desse instrumento! As notas não são coisas que se brinque, pois, sem nota, não há música; ir para além delas é burrice, é asneira, só lunáticos como Ma-hef para acharem uma boa ideia ter um horror desses em casa.

Ma-hef era indiano? Não tenho ideia, achava que era libanês ou até cigano, mas nunca tive coragem de perguntar, ou melhor, só tive esse questionamento agora, afinal, para ter um sitar em casa, ao menos que se houvesse uma ligação além de simples interesse. Senhores, Senhores, perdoai-me pela pergunta esdrúxula, mas não vos vem à cabeça o estereótipo *Beat* quando pensais em Ma-hef? Pois a mim é isso! Suas excentricidades sociais e boêmias são infindáveis, ao mesmo tempo em que nutre afetos por coisas de péssimo gosto, como a microtonalidade. Como vinha vos dizendo, sua casa alucinógena era, ao menos, um recanto no qual eu poderia ser eu mesmo por mais tempo, senão só não faria sentido; não ficaria largado às traças, não é? Ma-hef era boa pessoa, pude me acalentar em um colchão que me havia oferecido. Seu calor fundamental me fazia não apagar novamente, não poderia me dar ao luxo de demonstrar tal fraqueza. Passei a noite coberto por uma manta grossa que me reconfortou durante a madrugada; devo ser generoso com Ma-hef, sei que poucos me dariam abrigo e água. Ele tem um pouco de consciência sobre isso, quem me dera se os demais pensassem do mesmo modo; sei que vós, Senhores, considerais-me tanto quanto Ma-hef, não é verdade? Não me decepcioneis, sabeis o quanto gosto de vós. Faríeis o mesmo que ele, certo? Ao acordar de sonhos intranquilos, percebi-me metamorfoseado em mim mesmo. Pode parecer insignificante, mas sinto que nessa noite tomei um rumo em direção a um ser diferente, consciente do caminho que trilharia. Será que se sentir querido era isso? Será que era isso que tanto falavam? No momento, discordarei, pois não compreendo tais questões metafísicas, como afeto, amor e carinho. Isso não é algo que um homem ou uma mulher possa definir. Recordemos mais uma vez: o homem é bom, mas a sociedade o corrompe, ou qualquer variação que preste.Acordei, não mencionei, ao som de algo desconhecido, os sonhos intranquilos talvez explicassem isso, era o que temia desde que cheguei, uma sonoridade terrível, impossível, agonizante. As notas cavalgavam em um rumo desconhecido, ressoavam como a lógica real da música (afinal, Ma-hef era músico), mas tinham terríveis momentos microtonais, que se adentravam entre espaços, tal qual um palito colocado entre a carne e a unha, separando coisas que nunca deveriam se separar; os intervalos microtonais são isto: um palito colocado por debaixo da unha, a carne viva agonizando e sangrando separada da estrutura rígida de queratina pelo sintético de madeira. Isso é tortura, tortura chinesa, como diriam, as notas me atravessavam como flechas, eu não sobreviveria a isso, não sem marcas.

"Moacir? Moacir?!!" Ele havia percebido, minhas convulsões são muito características, orgulho-me muito de demonstrar com tanta facilidade quando sons me são intragáveis. "Você quase me mata de susto, Moacir!" Pedi para ele me passar um cigarro, estava sem nada, ao menos poderia me tranquilizar se ele me desse um. Disse que não tinha preferências, qualquer um servia, mesmo que estivesse mentindo, é claro, os de palha me agradavam muito mais, mas eram um pouco mais difíceis de conseguir na metrópole, por isso me bastava, geralmente, o Derby do vermelho. Ele me deu um Marlboro, não reclamei, costumava roubar estes da minha mãe, conhecia o gosto muito bem. A necessidade, então, levou-me a desejar o uísque – pediria? Apenas em último caso, Senhores, afinal, deve-se ser minimamente cortês nesse Brasil e importunar os outros apenas como última medida, vós sabeis muito bem que não sou cordial, mas aprendi com os anos que não há escapatória, tudo me leva a Rousseau, inclusive Sérgio Buarque de Holanda.

Ma-hef tinha ouvido surdo, ouvia o que queria apenas, talvez isso explique a tal da microtonalidade. Pois me é muito estranho um sujeito gostar do mais refinado jazz, e, ao mesmo tempo, usar um sitar. Não quero gastar o vosso tempo, estou me repetindo; acho que até hoje não me recuperei do trauma de acordar nesse dia. Geralmente acordar é sempre um trauma, é necessário tempo para processar o estar vivo, porém, foi como acordar sob tortura, nos porões de alguma ditadura qualquer. Dizem que os soldados que voltam da guerra nunca mais conseguem contar suas histórias, sinto que passei pela mesma experiência, foi como ser baleado no campo de batalha, mas sem ser morto; ou, talvez, como ter sido capturado, cuidado e torturado pelo inimigo, pelo estrangeiro, acho que apenas isso poderia ser, Senhores.

Mas, hoje, volta e posso contar a minha história, como se estivesse na análise, mas sem a necessidade de um divã ou de um analista. Pois meu ser em si é maior que a guerra, a fome e o outro.

VI

Quando, certa manhã, Moacir Martins acordou de sonhos intranquilos, encontrou-se em sua cama metamorfoseado em si mesmo. Estava deitado sobre suas costas e, ao levantar um pouco a cabeça, viu seu ventre. Estar em si mesmo não significava meramente estar em seu corpo, nem mesmo pensar consigo, algo muito mais importante, ao que tudo indica.

A metamorfose estava completa. Não havia nada faltante ou que pudesse declinar; simplesmente sabia que poderia, no momento, constituir a si mesmo de modo circular, fechado, único, distante da brega linearidade ou até da quadralidade.

Mas ele sabia mesmo? Sabia que tudo estava completo e que sua intranquilidade tinha produzido algum fruto? Um fruto proibido que ele não comeria, assistiria a tudo como um outro, apesar de ter finalmente conquistado a si mesmo. Sim, sabia muito bem, ele nunca foi inocente, apenas cínico cênico cômico. Ele era um ator, sem dúvida, estava em cena; agora, agradecia em seu palco particular junto aos outros atores imaginários. Por isso, era ele agora, não mais em cena, mas sendo-se. Conhecia a metáfora do inseto aterrador, circulava no meio das artes, não deixaria de entender o que diziam. A realidade é que sempre usara essa metáfora para uma autop*oieses*, já que tinha horror, horror a qualquer natureza de mímica mimética. Na realidade, poetizava a si mesmo como numa canção de trovador; era, de fato, o trovador solitário, embora cantasse as canções apenas para si e ele tinha consciência disso. Quem eram *Os Senhores*? Os destinatários da criação esquizofrênica de si mesmo? Ele tinha a quem cantar, será que a solidão lhe agrava?

Não. Estava com Ma-hef e gostava disso, mesmo não admitindo, os afetos de ambos eram uma mistura de suor e sangue, gemidos e batidas. A noite foi longa, oferecer cama é pouco, muito pouco. Ele pôde então se colocar no próprio lugar, e acordar como si próprio, estar consigo. O que ignorou era o fato de que não estava à sós, estava com si e com Ma-hef, olho no olho, desvios de olhar, olhar penetrante, olhar baixo, arregalado, muito próximo –, a dois centímetros?

Estava ofegante, não sabia o que havia acontecido, nem gostaria de saber, os sonhos intranquilos eram tão sonâmbulos quanto a própria morte, que espreita a todo momento, até mesmo no ato de concepção da vida. O pecado original nunca foi tão consumado, reproduzido como um mero gesto de consumo, a ingestão do profano, praticado na noite escura dos sonhos intranquilos. Ele não era religioso, todavia; não acreditava em pecado, praticava o ato laico na calada da noite e, por isso, acordou como um inseto aterrador em sua não-*poiesis*, acordara, na verdade, como ele mesmo, se descobrira como tal, um inseto para o mundo todo e para a própria existência, com sua carapaça grotesca recheada pelo líquido interior branco, com olhos que refletiam a si mesmo; pareciam duas outras baratas menores, se reproduzia no ato falso, falho e fálico. Espalhava-se, tal qual rizoma, o ato se via numa infinitude negativa, uma prisão da possibilidade. Rumava, de alguma forma, à saída de si, à ilusão e alucinação. Como uma colônia de bactérias, se propalava, o jorrar era uma via de consumo. Talvez se tratasse de um encontro não usual, em parte com a loucura, em parte consigo mesmo; ao final, era a experiência do abjeto: consumir seu eu, refletido na impureza do negativamente igual.

Encontrara a guinada à intencionalidade máxima, que, em contrapartida, se restituía em não intencionalidade, no apelo ao inumano. Este devir, então, só poderia dizer respeito ao abjeto, ao inseto e, por sua vez, ao consumo dele. Chega-se ao neutro, primordial não-sentido do som. O atonal se divide em séries simétricas invertíveis, em matrizes matemáticas equivalentes em forma e opostas em conteúdo. O neutro, talvez, já não seja mais ilusão, mas aquilo que, acidentalmente gerado, tomou conta da totalidade.

Em casos dos mais clássicos, haveria aparecimentos ou incorporações, Napoleão Bonaparte, ou até Luís Bonaparte; George Harrisson, se estivéssemos à frente cronologicamente. Talvez, aparecesse a ideia de uma gravidez alienígena para repovoar o planeta, mas nesse caso só o ato consumado, rumo à condição de coisa-em-si, das coisas mesmas, sem disfarces. Em algum sentido, nem abjeção, nem a despersonalização seriam desrazão.

...

O desespero é vaidade. A esperança também. Ele, em meio à uma intranquilidade tranquila, procura em seu âmago: há, em seu passado, infamiliaredades, assim, familiares? Já se sentira assim anteriormente?

Nariz odores orelhas escutas olhos veres boca apetências órgãos sentires.

Revisita todas suas memórias, redescobrindo-as. Parece ser a primeira vez que faz isso; não é – ele sabe.

Todas as outras vezes – já houve muitas – fizera as mesmas coisas, ato por ato, e chegara a uma conclusão. E, parava por ali. Depois, apenas esqueceu-as. Ele lembra delas, agora. Após rememorar todas as memórias.

Sente que tem total controle sobre seu ser, que conhece e domina todas as instâncias de sua existência. Não deixa de pensar, ainda; não está onde quer. Não chegou aonde precisa, nas conclusões certas que o farão seguir. Lembra-se de um pensamento recorrente, está tão perto. Do que mesmo? De chegar onde sempre quis. No desejo ou em sua égide? Em ambos. Deseja seguir em frente para alçar suas visões ao mundo. Suas sombras o deixarão completamente escuro. Um verdadeiro eclipse total. Ele deixará de ser mortal, enfim. Sua sombra se integrará com todo o planeta. Todos se tornarão si, então? Absolutamente, serão engolidos.

Chegou já? Ainda não. Ele não sabe mais onde está, perdeu-se em si mesmo. O controle total se metamorfoseou em completo desarranjo, desordem, desespero. Ele se recorda: está tocando alguma coisa, a cada nota sua mente desliga, não é, deixa de ser; mas, volta. Isso ocorre em repetições exatas, ritmadas. Cada vez que toca, deixa de. Volta a tocar e deixa de. Para e volta a. Tenta acabar com o ciclo. Como? Eliminando a si mesmo, pensando em outra coisa, talvez; ou, parando de parar. Percebe, então: suas tentativas de parar o estavam interrompendo; ele, querendo tocar, voltava a. Ele então se interrompia novamente, infinitamente.

Ele se senta. Onde ele está? Ele está nele, ainda não conseguiu chegar aonde queria. Não concluiu o suficiente para poder voltar. Essa última lembrança já saiu de sua mente, para que volte, terá que rememorá-la de novo. Não quer fazer isso. A própria existência o desconforta. O faz lembrar do porquê entrou em si mesmo: do motivo de ele estar ali, nele.

Mas, não queria sair dali? Sim, queria, mas não dessa forma. Queria sair saindo, sem pensar demais. Gostaria de encontrar uma conclusão fácil de engolir, aumentar seu ego e dar energias o suficiente para voltar ao mundo; ir, enfim, em busca de suas verdadeiras aspirações. Seria isso possível? Ele acredita que sim; lembra de ter conseguido antes, rememorou isso. Aconteceu mesmo? Não importa, ele acredita que sim e ele está dentro dele; onde tudo que ele acredita, é.

Ele levanta. Anda um pouco. Se empolga, começa a correr. Seu corpo, em seu estado mais que perfeito, é frágil débil atrofiado precário. Logo, falha em correr: tem de parar, sente, sabe que não aguentará se continuar.

Para. Vê: alguém cai, não é ele – ele é apenas um par de olhos. O corpo desfalece, é interrompido por algo, não se sabe o quê. No chão, se contorce, como um inseto a morrer; não morre, porém, apenas é interrompido. Vira de um lado pro outro, sem saber que está sendo observado. Ele, a observar, lembra de como fora ruim seu dia.

De repente, volve.

VII

Senhores, Senhores! Não ides acreditar no que ocorreu nesses últimos tempos! Na verdade, acho que vós já esperais por isso. Sim, Senhores! Vós confiais em mim e em minhas habilidades, não? Sei que sim, não vos duvido disso. Já sabeis. Porém, contar-vos-ei mesmo assim.

Qual fora a última coisa que vos disse? Sim, sim: a noite que passei na casa do Ma-hef? Isso. Certo. Após aquela noite, minha vida continuou a mesma, meu corpo voltou ao normal, seja lá o que isso signifique. Nunca mais voltei à minha casa, porém. Perdi as chaves da porta e o proprietário brigou tanto que decidi sair de lá; estava devendo alguns meses, é verdade, mas não vem ao caso, não é mesmo, Senhores?

De qualquer forma, aquela foi apenas a primeira de muitas noites que passei na casa do Ma-hef, nem sempre fiquei por lá, também me hospedei em outros lugares. Certas noites, fiquei num hotel, noutras, em casas de outros conhecidos. A casa do Ma-hef era, no entanto, o local onde eu mais ficava. Agora tudo já está diferente, mas não nos adiantemos!

Algumas manhãs após aquela noite, ocorreu no conservatório um dos eventos mais importantes dos últimos anos: a escolha dos representantes para o Festival Carioca de Jazz 1958. Eu tinha em mente que passaria, isso era certo. Porém, sei bem da importância do evento e estava ciente que a competição era grande, devido às poucas vagas. Não estava com medo, Senhores. Como podem duvidar de mim nesse aspecto? Estava apenas um pouco ansioso, essa é a melhor palavra para descrever isso, não? Quando você sente todos os movimentos do corpo, sua consciência pensa tanto que se perde com frequência. Nunca passei tantas noites dormindo pouquíssimo ou sequer dormindo! Realmente estava anelante.

Conseguis me entender, Senhores? Sei que sim! Visto a importância de vós, sei que já devem ter se sentido assim. Me certifico disso! Enfim, quando chegou o dia da decisão, estava ainda mais nervoso. E se errasse um acorde e estragasse tudo? E se houvesse algum problema? E se os avaliadores não entendessem meu estilo?... muitos "e se". Vós sabeis muito bem como é isso, Senhores! O cérebro humano é maravilhoso, porém, em alguns momentos, excessivo ao extremo, para além do necessário. Esse era um desses momentos, eu sabia que tudo iria dar certo, minhas chances eram altíssimas, só de escutarem meu nome os juízes deveriam se assustar e temer pelas próprias carreiras! Eu sabia de tudo isso. Mesmo assim, estava ansiosíssimo.

No dia, lembro-me, era uma manhã cinzenta, muito quente, o verão ainda estava vivo, fui de um hotel de esquina, saxofone nas mãos, até o conservatório. As salas estavam mais frias do que nunca, a sensação era de ter saído de um deserto de areia e entrado num de neve. Me dirigi até a sala da seleção. Vi, enfrentando-me, um trio de juízes, todos famosos saxofonistas do jazz brasileiro. Atrás deles, havia ainda mais pessoas, que não identifiquei, pois, a sala era escura. Entrei, logo pediram para me sentar numa cadeira levemente elevada, como um pequeno palco, localizada na parte da frente da sala, perto da porta e de frente para os juízes. Sentei-me, peguei meu saxofone e aguardei. Não sabia se deveria ou não começar, menos ainda o que deveria tocar de que forma e com qual objetivo. Eles falavam entre eles, baixo demais para escutar. Isso me deixava mais nervoso, apenas.

"Pode começar, senhor Moacir, mas nem deveria me preocupar, não é mesmo?" Quis me certificar de que poderia improvisar o que quisesse, "Pare com suas brincadeiras, Moacir, são os primeiros 24 compassos de Round Midnight". Enrubesci, não estava esperando por isso; Senhores, entendeis que não haviam me avisado, certo?

Poderiam pensar que estava em uma péssima situação naquele momento, e sim, assim me sentia, mas nunca se deve subestimar um Martins, Senhores! Vós deveríeis estar lá para ver, ah, sim, deveríeis! Minhas mãos trêmulas no gelado saxofone, sendo encarado por três homens que admirava profundamente, a receita do fracasso. Contudo, bravamente, iniciei, nunca tinha lido a partitura de tal música, muito menos a tinha tocado, mas como tinha escutado! Ah, como tinha escutado! Poucos são gênios como Miles Davis, poucos fluem em um *cool jazz* tão ritmado e sentimental, poucos são capazes de tamanha destreza. Se enganam aqueles que acham que apenas me impressiona o disparo hiper veloz e ininterrupto de notas; muitas vezes, o *cool jazz* me cai muito melhor, este sim requer precisão. Do que adianta soltar notas como um metralhadora se não se está em guerra?

Toquei, lancei a primeira nota, extensa e sofrida, representava-me no momento, então, em minha síncope, passei à próxima; muita calma deveria ter, sei que estariam avaliando a extensão correta de cada nota. Assim, entrei em meu nirvana musical, estava dentro e fora, relaxado e tensionado, como que em uma meditação; rememorando a música como se a estivesse escutando – o instrumento era parte de mim e eu dele, sem separação – eu vivia a música – será que eu que sonhava sê-la, ou ela que sonhava ser-me? O fluxo se distribuía em intervalos de silêncio e som, prolongação e interrupção, através do tempo; afinal, não há música sem silêncio.

"Está bom, Moacir, já está bom." Parei subitamente, assustado, a música havia se descolado de mim, o que causou desorientação e dor de cabeça, não saberia nem dizer ao certo onde estava. Os jurados apenas me expulsaram, que grosseria da parte deles! Inclusive, não sei se perceberam, mas, aparentemente, já havia alcançado os 24 compassos, não sei quantos mais se foram, se eles aproveitaram, ou se me cortaram quando cumpri o que pediram; deduziria, porém, que havia tocado minutos a mais, tendo em vista que o jurado – que se manifestou – já parecia muito impaciente, no entanto, extasiado, talvez houvesse percebido o atraso, não é mesmo, Senhores? Essas metrópoles e capitais andam muito aceleradas, o tempo já não basta mais, diria que o tempo já não pertence mais a si próprio, deveríamos criar um novo tempo.

Depois da tonteira, levantei-me com cuidado, uma queda agora poderia me render uma atenção que não desejava no momento, então, apenas peguei meu saxofone e me dirigi a saída; porém, não sem antes perguntar se havia ido bem, "Ah, Moacir, todos já te conhecem aqui". Eu sabia o que isso significava, certo? Sabia? Não é mesmo? Ele só poderia estar falando da minha habilidade e da família Martins, dizeis-me que estou certo; ou será que ele havia se referido à minha irreverência? Ou ambos? Que desespero, não poderia me aliviar nem por um segundo, os pensamentos vinham em espiral. E se? E se? Quais são as possibilidades? Eu não aguentaria até a próxima semana para saber o resultado. Mas o que faria, então? Não poderia simplesmente me esconder, até porque devo ir ao conservatório, de todo modo; mas explodiria voltando lá, não poderia, apenas atiçaria mais minha catastrofização.

Vi-me sem opções, deveria ao menos voltar para o hotel, tomar um banho, talvez, não sei, não saberia. Mas voltei, Senhores, não desistiria tão fácil, vós reclamais do meu fatalismo e ansiedade, mas esqueceis quão resiliente sou, afinal, estava tão perto. O que fariam em meu lugar? Choramingaríeis? Não que eu não tenha feito isso, mas sobrevivi, não tenho conhecimento se os Senhores seríeis tão fortes assim.

...

Uma semana, Senhores, uma semana; tenho dúvidas se vos conto o que ocorreu nesta semana, uma vez que sinto ser alguma repetição. Digo, o meu sentimento de angústia já foi bem esclarecido em nossa última conversa, sinto que não seja necessária uma descrição mais detalhada. Porém, contarei um pouco a vós, pois, tanto mereceis saber, quanto tenho um preciosismo muito grande em contar minúcias.

Estava em um hotel, como dizia, ou melhor, tenho quase certeza que se tratava de um motel, não só pela qualidade duvidosa, mas também porque em nenhuma das noites consegui dormir. E, pasmem, não era por minha ansiedade, muito pelo contrário, eu não tenho insônia quando ansioso; na realidade, o problema estava nos constantes barulhos infernais e arritmados de casais se divertindo, de certo, conheço esse barulho. Na realidade, conheço, com certeza, pois, quando menor, nossa casa ficava do lado de um cabaré, o que podia ser assustador para um Moacir de seis anos de idade, mas muito mais me despertava a curiosidade, intrigava-me o que fazia aqueles homens, na média com seus 50 anos, entrar desesperadamente naquele estabelecimento e fazer barulhos tão infortúnios. Senhores, digo-vos que esses mesmos barulhos que impediram meu sono no hotel, também o perturbaram na infância; aquela arritmia era pouco tolerável, digo, havia algum ritmo, mas por pouco tempo, logo aquele som se tornava uma coisa desorganizada, lenta, mas com algum desejo de potência, triste, de modo geral, não acho que a beleza esteja no inexato. Os gemidos, por sua vez, eram mais interessantes, porque eram melódicos, de alguma forma, sustenta-me a tese de que a voz é um instrumento tonal, por isso qualquer fala para mim é um canto; de toda forma, gemidos, sim, gemidos, eram majoritariamente femininos, não sei o que isso significa, mas havia me dado diversas ideias de agudos e composições – os Senhores sabíeis que componho? Não sei se já havia mencionado, mas faço composições apenas para mim, raramente as escrevo, ficam em minha cabeça e as toco como músicas imaginárias, claro que são mais bem tocadas , me basta imaginar para sentir.

Sinto que perdi um tanto o foco, mas ia dizendo sobre a semana: fui ao conservatório todos os dias e, em todos eles houve prenúncios de infarto, tal o ritmo do meu coração, só de lembrar já me deixava angustiado. Todas as palavras ressoavam a dúvida do que poderia dar de errado, pegar o saxofone depois do teste teve o mesmo peso de pegá-lo no dia da seleção; por pouco não consegui levantá-lo, me sentia fraco para tocar, mas forte de espírito, pois não morri e disso me orgulho! Orgulho-me de ter continuado, em suma, porque estava tão perto.

A semana passou e o resultado foi anunciado. Fui selecionado. Não farei drama. Passei. Sem enrolações, assim que reagi no momento, sem alegria nem comemoração, apenas um semblante neutro que indicava que, por mim, tanto fazia. Mas muito pior seria se não tivesse passado, a depressão sazonal que me acometia talvez não tivesse mais saída, porém, superei a tristeza, o que me conferiu uma neutralidade apática e anêmica. Sinto que os Senhores já muito experimentaram esse sentimento, uma apatia após alcançar algo, nenhuma felicidade, por sentir que aquilo era apenas uma obrigação, ou porque, simplesmente, o feito nada gerou. Para mim, isso é muito comum, tão comum que eu só não me animo, talvez seja uma rebeldia com o mundo, talvez só falta de afeto.

VIII

E se não for
E se não conseguir
E se quiserem me perseguir
E se não me escutaram direito
E se não forem com a minha cara
E se zanguei alguém
E se não gostam dos Martins
E se não entendem meu estilo
E se só gostarem de músicas ruins
E se não for dessa vez
E se for tudo uma conspiração
E se não quiserem que eu participe
E se eu não conseguir
E se eu falhar
E se simplesmente não der
E se me atrapalharem
E se eu errar
E se eu perder a hora
E se eu morrer no meio
E se algo me interromper no meio
E se minhas ações falharem
E se nada for verdade
E se for tudo combinado
E se me paralisarem

E se perder tempo demais
E se meus concorrentes forem melhores que eu
E se
E se
E se
é
isso

...

Concretude, dos fatos e da matéria da história e da palavra.
VIVA VAIA
VAIA VIVA
Assim se sentira, não haveria por nem para onde, que a roda viva lhe atropelasse ou que se enterrasse dentro do futuro Dops, tanto fazia, não era concreto, de todo modo, era metafísico abstrato.

É possível dizer que se cansara do próprio corpo, este era pesado demais, tinha órgãos demais, sentia demais, recebia demais; não queria mais; perdeu e caiu, ainda na concretude. No abstrato flutuou e flutuou, criou asas e estava tão perto, da verdade, do calor sol fundamental da vida, que lhe revelaria todos os planos e o absurdo original e seus enigmas; não esperava, contudo, que se revelasse tão frágil, não a si, mas aquilo que lhe permitiu o voo, suas asas eram como as de Ícaro. Quanto mais se aproximava da verdade, menos conseguia prosseguir; tendia à queda, até que encontrou um espelho e, no reflexo, um anjo, este, gauche, torto, lhe disse: "Cuidado, não voe tão perto do sol... Não te 'aguentas ver-te livre, quem dera ver-te rei'".

Derreteu e caiu como vela apagada, pegou fogo em seu pavio imaginário e derreteu sua cera, a verdade não lhe era bem-vinda, ignorou seu próprio conselho e pendeu ao mar. Estava enlouquecido, em seu apartamento de marfim, via uma lua no céu, via uma lua no mar; já estava a sonhar, Deus retornou-lhe as asas de cera, livres na gélida noite; pendendo para voar, fez sua alma subir ao céu e seu corpo descer ao mar.

Mas nada era concreto, sua abstração voltou à realidade e ele se levantou de seu desmaio pontual, ao ver que a lua e o sol não passavam de mera ilusão. Sua mediação com o mundo – os órgãos – ainda lhe incomodavam, queria o vazio, almejava a multiplicidade rizomática do infinito, não a limitação social imposta pelo corpo; podia, agora, ser corpo, mas sem órgãos, dentro da própria imanência, uma vez que se desiludira do transcendente.

Queria uma concretude engenhética, uma vida engenhosa em sua simplicidade: o vazio em todas as ações, a ação pela não ação. Queria se integrar com o todo, voltar ao nada. Do 0 surgiu o 1 que gerou o 2; dos múltiplos tudo se deu. Queria ir além dos múltiplos, sair das contradições. O 1 era pouco, queria ir além. O absoluto absoluto o mistério misterioso as profundezas do profundo a engenhética concretude.

Não sabia como, porém. Não há manuais, as ações que levam a isso são individuais. Os caminhos verdadeiros não podem ser expressos pelas palavras, assim como: 名可名, 非常名 — *o nome que se pode nomear não é o Nome Constante*. A linguagem falha como sempre falhou e falhará. Os órgãos estorvam os sentires, assim como a utilidade importuna a vida. As ações aglutinadas e concretas engendram a vida, cuja efemeridade viva atemporal imutável metamorfoseante reflete o fruir primordial.

Difícil compreensão, sem dúvidas, o mais absoluto é também o mais comum. As mais importantes lições provêm dos mais inusitados personagens. As mais belas verdades advêm das mais feias mentiras. As mais úteis coisas são, na realidade, inúteis. As melhores ações originam-se na não ação. O portão de todos os mistérios é, por essência, inominável. Apesar disso, tratados e tratados são escritos em seu nome. Não há dúvidas de que os nomes constantemente se mutam; porém, alguns ainda querem retificá-los. Todos sabem da falha da linguagem, mesmo assim, insistem em usá-la.

Uma concretude engenhética é a solução, o absoluto concreto na efemeridade na simplicidade das coisas efêmeras e simples. Como atingi-lo, eis a questão.

...

Engenhética – engenho e ética
o engenho da estética
Palavra – significante móvel
o significado móvel
Nada – o 0 do Ser
O 0 entre Ser e Não-Ser

Significante – vazio do concreto
Casulo de Algo

Os Limites do Mundo são os limites da Linguagem – A transcendência da linguagem não pode transpor a imanência do mundo:

A única transcendência da Filosofia é a linguagem // Moacir não é filósofo

Logo

Se a linguagem acaba – finda-se o mundo
                    Devir do corpo sem organismo
Devir do corpo sem linguagem
Devir do corpo sem moral
Devir do corpo sem corpo

O único a sobreviver é o devir da multiplicidade
rizomática, do Não-Ser – a concretude engenhética, ou
seja, uma nova proposta ética de infinitude imanente para
a vida pautada pela pulsão de morte, que, dialeticamente,
se recupera em pulsão de vida – não é gozo negativo, é
gozo por si, é o nada.

Todos os devires são belos, mas nem todo corpo vazio
é um corpo estético; todo corpo deveria ser revolucionário,
não suicida; filosófico, não animalesco; todo corpo deveria
ser belo, não aético.

Moacir, o animal de pelagem castanha que passeia
como Orfeu nos infernos do Rio, olha para trás e percebe
que não há ninguém, nem escapatória, e se lembra de uma
vez por todas que tem órgãos e para onde deve ir – estava
tão perto.

IX

Já fostes infortunados pela vida, Senhores? Quando tudo que pode dar errado dá e piora um pouco mais, ainda? Deveis lembrar-vos de alguma ocorrência dessas, não? Suponho que sim. Sois bem vividos, afinal! Deveis lembrar-vos também, que há pouco vos relatei um acontecimento fortunoso, não? Infelizmente minha fortuna se tornou *in* em pouco tempo. Tudo de portentoso e tenebroso que me poderia acontecer, aconteceu.

Passei na seleção? Como vos disse, passei. Passei. Passei sem dificuldades. Quando descobri, deveis vos lembrar, não senti nada. Um pouco depois, porém, senti tudo de ruim. Não por ter passado, mas sim por não poder participar. Quereis saber o motivo, Senhores? Deveríeis querer, decerto! Tanto vos falo sobre o assunto que, certamente, já deveríeis estar incríveis.

Enfim, os infortúnios chegaram. E vós não esperais como acontecera. Por isso, devo contar-vos os motivos um por um, *sine qua non*, não entendereis.

A limine, trata-se de algo simples, i.e., a tragédia por si, embora possamos discutir seu caráter enquanto tragicomédia. Nunca é tão simples, porém creio que podemos iniciar uma recapitulação; estava ansioso para a noite do Festival, o dia seria longo e a semana de ensaios, todos bem agendados e meticulosamente planejados, também.

Tudo deveria ser perfeito; os substitutos estavam a postos, de olho em uma vaga. Cheguei, então, no primeiro dos ensaios, a composição era do próprio maestro, um sujeito completamente arbitrário, mas não de mau gosto. Deveriam decidir qual dos expertos – dos sopros – seria o solista. Eu sabia de minha vantagem, contudo, minha ansiedade descabida teimava em reaparecer.

Estava muito ansioso, de fato, Senhores. Apesar disso, as coisas seguiram como nunca. Dessa vez, minha percepção do tempo não foi tão gravemente afetada. Ou talvez os acontecimentos que se seguiram foram tão marcantes que me fizeram esquecer dessas divagações mentais. No fim, independe, Senhores! Sabei-vos apenas que as coisas aconteceram como normal: entrei na sala de ensaio e toquei como sempre. A reação dos demais foi, por sua vez, ímpar. Vós perguntaste-me a razão? Não sei vos explicar com clareza, Senhores. Envergonho-me imensamente disso, tenham certeza! No entanto, não há o que fazer, não sei vos explicar, logo não tomarei o vosso precioso tempo.

Enfim, toquei, me escutaram e me aprovaram como solista! Gostaram do meu som! Acharam-no incrível! Ainda mais do que das últimas vezes, pelo que percebi em suas faces. Ao terminar de tocar, voltei ao meu lugar. Já tranquilo por ter cumprido todas minhas obrigações momentâneas, inansioso. Ali, sentei-me e esqueci de tudo. Percebo, agora, que, enquanto eu tocava, não pude apreciar da mesma forma que os demais minha música. Diferente deles, não achara espetacular o que há pouco havia tocado. Não naquele instante. Presumo eu, na verdade, que a sensação que tive foi a mesma dos demais, apenas um pouco atrasada. Não sei se já tocastes alguma vez, Senhores, caso já o tenhais vos identificareis: ao tocar você se encontra imerso no nada, não escuta direito o que está à sua volta ou mesmo o que está a tocar, apenas está ali, atuante; ao terminar, por outro lado, as coisas voltam a ser percebidas de uma vez só, com tamanho ímpeto que o vazio em que se estava imerso é engolido por tudo. Isso é ainda mais forte em músicas que fazem os seres sentirem o sentido, essa que toquei, como vos podeis imaginar, Senhores, era uma dessas.

Em seguida, o ensaio terminou. Neste momento, fui tomado, abraçado pelo nada de tal modo, que perdi um pouco minhas memórias do momento. Sei apenas que os demais tocaram, o ensaio chegou ao fim e eu fui embora. Nenhum outro causou em mim ou em alguém a mesma sensação que eu causara; isso é fato, Senhores! Vos digo que nesse dia meu som atingiu seu auge, seu pico, seu cume; nunca mais chegara ali, e imagino que nunca mais cheguei! Posso soar um pouco fatalista ao dizer assim, mas são os fatos, Senhores! Não há como refutá-los! Seria como ir contra a ciência ou, para os idiotas, contra a nação. Tenho noção que vós sois quase transcendentais, se localizam na divisa entre o humano e o inumano e, mesmo assim, digo-vos isso. Isso tem uma razão clara, Senhores, nem vocês têm como discordar do que acabo de discorrer!

...

1-e-a-i 2-e-a-i 3-e-a-i 4-e-a-i 1-e-a-i 2-e-a-i 3-e-a-i 4-e-a-i. Não, Senhores, o nome disso não é compasso ternário, mas ritmo subdividido em 3, coloquei a contagem em 4 para facilitar. Aqui encontramos o *swing* do jazz, não é síncope, é *swing*. A contagem mais básica, na realidade; mais simples do que isso nem considero música. Quando tive de tocar bateria, pude sentir o ritmo por ele próprio, produzindo e controlando o tempo, recomendo-vos fortemente; o ritmo é a pura dissociação entre nota e som, o foco completo no não-silêncio – uma relação muito bonita, que não é sobre como ou onde está o som, mas sobre quando ele *está*.

Curiosamente, o ritmo pode ser percebido em qualquer coisa, está em todo lugar, em nosso sistema circulatório, nos semáforos, nos relógios, no piscar dos olhos, Senhores, está em tudo! Não é magnífico? E quanto mais eu adentrava no universo rítmico, mais coisas eu notava, sentado no ônibus, minha perna balançava em um ritmo de 122 batidas por minuto, em média, porém, em dias como o da seletiva, poderia chegar de 220 até 300 batidas por minuto. No entanto, como sabeis, Senhores, isso é vício de músico, contar batidas e notar padrões, aqueles com afinidade para a música entenderão, decerto.

Os ensaios, portanto, continuaram em seu ritmo normal, a diferença é que a partir de então foram pautados, especificamente, para a execução de banda; nada que me assustasse, tudo era essencialmente o mesmo: os músicos, os instrutores, os horários e locais, as pausas, as conversas jogadas fora e o meu foco. Era inegável, entretanto, que o clima tinha se tornado mais pesado, quero dizer, se as estruturas eram as mesmas, o ritmo era igual, mas, em função desse momento, era adequado que se temesse o futuro um tanto, pois para algo der errado, basta que seja. Os Senhores, por sua vez, poderíeis tremer, tremer, tremer tanto, quando se vissem diante do instrutor. Contudo, lembrai-vos que eu era solista, filho de Agenor, não era por uma situação dessas que tremeria. É verdade que bambeei, mas sem tremer; demonstrei leve incerteza, apenas, como o bambu, já ouvistes esse dito? Deve-se ser como o bambu, que diante das tempestades, muito balança, mas nunca arrebenta; diferentemente das demais árvores, que até podem não balançar, porém, depois de uma noite de chuvas fortes, estarão sempre quebradas no dia seguinte. Apesar de verdadeiro, acho que serve mais como artifício retórico, ajuda a justificar-me a vós, certo?

A semana cheia de dias teve seu constituinte menos cheio – de dias, como se faltassem, – acelerando todo o tempo, quanto mais próximo da grande noite, da consagração, de fato. Nunca poderia perder o momento, mas tinha certeza de que, em algum momento, o instante deixaria de me esperar e, por sua vez, se tornaria momentâneo, passageiro; até que passaria e nunca mais voltaria, transformando-se em memória. Em memorial…

Senhores, meus amigos, meus irmãos, vós já estais cansados, deveis querer saber sobre o tal fato que assolou minha noite – minha vida. Era o último dia de ensaios, um sábado à noite melancólico, há quem dirá bucólico, mas não foi o meu caso; a música era levada a sério; o urbano musical é a antítese do sem-som do campo.

Não estava bêbado, oh céus! Eu tenho limites, como sabeis, não?! Mas, realmente, mesmo sem uma gota de álcool no sangue, sentia um clima embriagado, como se estivesse num fim de festa, ainda que esta só começasse no dia seguinte. Não era confortável, diria até ser depressivo, as águas de março já haviam fechado o verão, a promessa de vida restou apenas em meu coração, pois o frio se apossou dele; noites geladas de um outono inadequado, um clima melancólico, ansioso de metrópole, me lembravam como era duro voltar para casa naquele horário. Sentia-me como em uma capital europeia, a saborear um fervente café no final do expediente, fumando um cigarro de filtro amarelo e apreciando a vista para a rua deserta. A romantização, contudo, talvez não refletisse tão bem os fatos, acho que vós sabeis muito bem a sensação que aqui tento descrever, a solidão da nova vida em um inverno desolador da alma. Peguei, vazio, o último bonde do dia. Aparentemente, os trabalhos se encerravam muito mais cedo do que o meu, ao menos aos sábados. Tudo isso contribuía para a sensação embriagada e solitária que eu sentia. Devo confessar que não me afligia tanto a proximidade do festival, em contrapartida, a percepção melancólica de lentidão vinha da sensação de fim, de que esse era o último dia antes de Tudo; assustador, não achais, Senhores?

Ao chegar em casa, todavia, a embriaguez metafórica foi aos poucos metamorfoseada em pulsão, ritmo, batida, algo que vinha em 120? 200 batidas por minuto? 300, diria. Pulsava a jato, nem os mais ferozes *jazzmen* domariam tal ritmo, quem dera eu. Percebi, então, que eu pulsava assim: pernas, dedos, mãos, até sobrancelha, meu coração a mil me fazia sentir um fluxo sem igual, de sangue explosivo, de ataque cardíaco – se fosse mais velho ou mais gordo, talvez fosse o caso, agradeço a minha falta de apetite. Dormir foi uma complicação, certo estou que vos disse certa vez que não tinha insônia, mas, meus irmãos, este não era um dia comum, se dormisse, quem não garantiria uma visita do diabo em pessoa? Além de que, a taquicardia era algum problema, bem como a ansiedade de modo geral, dormir estava muito distante, preferiria lutar com os leões no Coliseu a baixar a guarda – suponho que este seja o efeito da famigerada adrenalina.

Manhã – Se dormi mais do que duas horas foi muito, mas não era problema, por vontade própria haveria de ter virado mais de duas noites seguidas por diversas vezes, não seria um sono de duas horas que me atrapalharia. Eram sete da manhã, deveria estar no conservatório apenas às cinco da tarde, já que o Festival era iniciativa da prefeitura e o Conservatório era público.

O dia decorreu como os demais, ansiosa e ebriamente, digo, não excessivamente, foquei mais em meu cigarro – já era vício –, porém não pude deixar de tomar um copo de uísque, sabem muito bem, Senhores, que esse é o elixir vital. Passei a praticar uma última vez meu papel para a *Big band*, todavia, era tedioso, pouco tinha a acrescentar, esse tipo de jazz orquestrado perde um tanto da essência, embora a música fosse ótima, de toda forma.

Estava tão perto, mas tão perto, estava quase alcançando o Tudo, chegaria na totalidade nessa noite. Já havia me arrumado, estava tão comprometido que até aluguei um terno. Caro, não foi, mas despendi um valor maior que o planejado, esperava ao menos que compensasse, senão, do que teria valido? Os Senhores deveis entender muito melhor do que eu sobre essa infernal orçamentária.

Finalmente, próximo do conservatório, encontrei Ma-hef, chegávamos juntos, há dias que não o via. "Ei, Moacir, como vai?". Perguntei o que fazia ali, uma vez que não havia sido selecionado. "Sabe como é, né? Vou para onde a boa música está". Irônico ele dizer isso, mas compreendo – sua presença era um tanto estonteante, poucos me impõem este sentir. "Soube que você seria solista, tinha que estar aqui para te ver". Será que estou em rememoração distorcida? Não me lembro de ele dizer exatamente isso, o que virá foi tão marcante, que me restou um conforto egóico, mas ficarei com essa versão envolta em névoa.

Independentemente, Ma-hef estava lá, ele me fez companhia durante um tempo, mas logo fomos para lados opostos: eu para a sala de espera dos músicos que se apresentariam, ele, para a plateia. Depois, não o vi por algum tempo. Planejamos, é claro, como fora proposto por ele, encontrarmo-nos depois da apresentação. Como podeis perceber, isso não ocorreu, porém. A razão, como venho a vos dizer, Senhores, foi terrível, da pior da pior espécie. Enfim, chega de mistérios, eu mesmo cansei de vos entediar com tantas informações inúteis e irrelevantes para o que segue, para o que importa:

Estava a adentrar no palco, Senhores, quando o infortúnio me atingiu de vez! Justamente na hora exata! Justamente quando estava mais próximo do que nunca! Tão perto como nunca antes estive! Eu estava! Conseguis me entender, não? Deveis conseguir! Tendes de conseguir! Vedes minha condição, Senhores! Eu estava tão perto, mas tão perto! E, apesar disso, recebi um tenebroso telefonema. Nunca, antes, odiei tanto as tecnologias. Não fosse o malquisto telefone, tudo isso não teria acontecido!

Quando estava a adentrar no palco, ouvi: "Senhor MOACIR!", me senti atordoado, não sabia o que fazer. "Senhor MOACIR!", continuei sem ação. Uma mulher, meio idosa, veio correndo lentamente em minha direção: "Senhor Moacir, tem um telefonema para você".Olhei fixamente nos olhos dela, estavam cansados e, sobretudo, raivosos, odiavam-me por não ter respondido com prontidão ao primeiro chamado. "Senhor, preciso que venha comigo atender ao telefonema". Continuei parado, sem reação, não sabia como respondê-la!

Ela teve de me pegar pela mão! Teve de me puxar! Estava em choque, Senhores! Vós conseguis me entender, não? Eu estava tão perto! Não podia perdoá-la! Nem ela, nem quem quer que fosse o ser que me telefonava! Após alguns puxões, eu comecei a andar. Pus-me a andar. Estava pensando em como agiria frente a quem me telefonara. Como me referiria ao facínora. Com quais xingamentos o xingaria. Qual seria a melhor entonação para proferir as palavras que merecia ouvir.

Aturdido estava, enfim. Mal me dei conta e já enfrentava o instrumento maldito. Já o estava face a face. Encarei profundamente o inimigo. Pensei ainda mais em como agiria! Comecei a sentir uma dor de cabeça. Perdurei. Resisti à dor. Poderia continuar a pensar por dez mil anos. Até que a mensageira do diabo, a recepcionista, deu um leve empurrão em minhas costas. Eu bambeei um pouco e decidi pegar o aparelho de vez. Abraçar o diabo e adentrar no inferno!

"Moacir, me escuta? Moacir?" Quem era que me falava aquilo? A voz me parecia familiar, não tinha certeza, porém. Já ia soltar todos os xingamentos que vinham em mente, porém, a voz me interrompeu: "Moacir, é a Martinha. Ligo por causa da sua mãe." Mãe?

X

Tempos modernos implicam soluções modernas. Hoje em dia, não é mais necessário fazer análise para se chegar a uma conclusão. O inconsciente de todos está à mostra; basta soltar uma faísca para que algo se revele. Um exemplo claro disso é o telefone, um dispositivo altamente tecnológico que conecta as distâncias mais remotas através de suas ligações, circuitos e ligamentos. Ele funciona como a organicidade da tecnologia e os músculos do cérebro, que, para acessar a alma, podem ser ativados por uma palavra, um toque ou até mesmo um simples som. O telefone, que volta a tocar, é apenas um reflexo da nossa afetação pela tecnologia, um acesso trivial ao inconsciente mediado por impulsos behavioristas. Tal qual o cachorro – como mostrou Pavlov – que no simples sinal de um apito saliva, mesmo que nem comida haja. Essa é a realidade hodierna: a tecnologia se encontra com o humano, até que os papéis se invertam, e o homem se torne a máquina que estimula a humanidade da própria máquina. Não seria isso?

Decerto, o encontro de afetos proporcionado pela telecomunicação substitui o diálogo interno, encerrando a meditação e o pensamento reflexivo, substituindo-os por um pensamento mecanicista. Não é lógico, mas é desprovido de vida. Qual 'a substância viva da máquina?

Não há. Qual 'a do humano? Alguma, com certeza. Tal é a dialética homem-maquina.

O prim... tuc... prim... tuc – do telefone – é a rachadura – do ovo – da vida – da serpente.

...

Verdades inconvenientes. Quais são os monstros que habitam seu armário? Pode-se perguntar enquanto se toma um vinho, um uísque, uma Coca-Cola. O que não queres saber é o que mais sabes, já diria o poeta. Aquilo que está por trás, que não se pode ver, mas se sabe que está, que apenas provoca, demonstra-se com cautela; baixa a cabeça e retorna, é apenas uma sugestão. O que de humano não é assim? Não é uma sugestão? Um pequeno gosto do que nunca virá.

Muitas vezes, porém, é algo negativo, ou melhor, ruim: um mal que não está presente, uma sugestão de caos em meio à normalidade, mas que se manifesta apenas como um horizonte distante. Nota-se que este mal é muitas coisas, é o recalque, decerto, mas também é a fantasia – é tudo aquilo que está e não está, a tensão entre o visível e o *in*. Como se pode ver, a linha é tão tensionada, que ondula e bambeia, o que é *in*, torna-se consciente, tudo tende a voltar; é a ânsia, mas nunca o vômito.

Há tantas coisas que queremos recalcar – há tantas coisas que recalcamos. Será que o recalque se trata de querer? Parece não ser exatamente sobre vontade, mas quase conveniência. Não somos responsáveis, não é mesmo? Mas, em verdade, somos nós mesmos os principais agentes... Que contradição!

A realidade é tão dura, não há motivo para ser assim. Determinados conteúdos, um dia conscientes, por não poderem ser suportados, acabam sendo recalcados, mas quando não se está psiquicamente preparado e a tensão é rompida, o inexistente existe, realiza-se novamente o trauma – o trauma em dois tempos. O recalque evita isso: não se admite, a tensão não pode se romper. O recalque, então, coloca o trauma no inconsciente, afasta da consciência, na mesma medida que o conteúdo recalcado insiste em tentar voltar a ela, se apresentando quase como aquilo que está e não está, simultaneamente.

O recalque, por sua vez, sugere um retorno do inconsciente, que anuncia a eclosão do 'ovo da serpente', revelando suas fissuras com uma delicadeza cautelosa. Essas fissuras se manifestam em cada recanto, desvelando-se nos sonhos, nos atos falhos e nos chistes, quando emergem do íntimo. No entanto, quando se revelam de fora para dentro, penetram com a sutileza de uma lâmina afiada, sem alarde, com elegância e discrição.

A eclosão definitiva pode nunca acontecer, como geralmente se dá. A eclosão pode, na verdade, suceder de súbito, sem critério, porque o ovo rachou tão lentamente que não foi possível perceber. Do ovo, nasce a serpente, que mata com a peçonha, ou com a boca, que engole tudo por inteiro. Então, restará apenas a perturbação, a crise e o apavoro.

As coisas se anunciarão, não é necessário ter pressa, os sinais virão, cada vez em maior intensidade, no sonho, no ato falho e no chiste, até que não se possa mais paliar.

...

prrrrrrrrriiiiiiiiiiiiiiiiimmmmmmmmmmmmmm
Tuc

ppppppppppprrriiiiiiiiiiiiimmmmmmmmmmmm
tUc

ppppppppppppppprrrrrrrrrrrrrriiiiiiiiiiiiiiiiiimmmmmmm
tuC

ppppppppprrrrrrrrrrrrrriiiiiiiiiiiiiiiiiiimmmmmmmmmmm
TUC

M
O
A
C
I
R
!
!
!

XI

No caminho para lá, Senhores, passei no mercado, comprei chá de melissa para levar para minha mãe. Estais perdidos, Senhores? Desculpai-me, julgo que vós deveríeis saber de tudo, porém, talvez vos tenhais perdido em algum trecho de meu relato. Talvez seja apenas impressão minha. Ou teria eu pulado algum trecho? Preferis-vos que eu volte um pouco? Farei-o, então. Em qual parte devo iniciar, mesmo? Na ligação? Verdade, rememoro agora que parei por lá, de fato. Tamanho é meu ódio do abjeto objeto – sou um que me perdi em minha fala. Como vós quereis voltar, voltarei!

Martinha me ligou, lembrai-vos? Não sabeis quem sois? Posso vos contar neste instante: vizinha de longa data, coisa de bairro, casas fixas que não mudam em um interior de metrópole. Adepta do senso comum, amiga de minha mãe desde que me conheço por gente – eu, amigo do filho dela. Recentemente, ela estava mais presente na casa de minha mãe. Eram vizinhas, sim! Parecia, porém, que dividiam quarto.

Tuc – tUc – tuC - Alô,

"Moacir, é a Martinha. Ligo por causa da sua mãe!" Perguntei, um pouco aturdido, o que se passara. Há tempos não ouvia de minha mãe. Se ela sabia de mim, Senhores? Sabia! Não era eu que contava, porém. Ela via o jornal do conservatório e estava sempre por dentro das novidades. Sabia também sobre a apresentação que aconteceria naquele momento. "Moacir do céu! Sua mãe precisa de você agora!" Estava arruinado, o que faria?! O que faria?! Martinha me conta as piores coisas que poderiam um dia ocorrer comigo. Naquele dia ainda! Naquele momento ainda! Como eu me manteria são e saudável depois daquilo? Enquanto ela falava, fui acometido por um acesso de suspiros e tossidas. Para atenuar minha tosse, peguei meu Marlboro e o acendi. Engasguei-me com a fumaça, parecia um fumante iniciante. Não conseguia conter minha ansiosa fúria. A fumaça ia, mas não me acalmava. Senhores, nesse momento, nem o cigarro me salvou!

"Vou passar para sua mãe, querido." NÃO! Não queria ouvi-la, Senhores! Queria apenas esbravejar, descontar toda minha raiva por essas digressões no meu dia. Queria fazer com as palavras o que estava a fazer com a fumaça. "Filho, como você está?" Assustei-me com a voz trêmula e doente dela; anos se passaram desde que a ouvira pela última vez. Perdi minha compostura e já sem segurança disse que estava bem e, enfim, deveria saber o que havia ocorrido. "Não se preocupa, filho, só estava lavando a louça, escorreguei e bati a cabeça na pia."

Banhou os pratos de sangue!! Nunca mais esquecerei essa imagem, Senhores! Depois disso, sempre que vejo um prato ou uma pia, vejo sangue rubro! Como poderia eu pensar em outra coisa, Senhores? Martinha acabara de relatar que algo grave acontecera, minha mãe precisa de mim "agora". Logo depois, ela mesma me diz que batera a cabeça na pia. Como poderia minha mente formar uma imagem que não fosse a de pratos banhados em sangue? Vós concordais, não?!

"Não se preocupa, filho." Tamanho egoísmo é esse, Senhores. Se não é para me preocupar, porque me ligas, então? Após a ligação, decerto preocupar-me-ei! Por que, então? Não faz sentido algum, não é, Senhores?! Vós concordais comigo, não?! Não há outro nome para isso se não egoísmo. Não me recordava, porém, que minha mãe era assim tão egoísta. Seria eu também egoísta? O que achais, Senhores?

Tranquilizei-me um pouco, a ponto de indagá-la sobre o que queria que eu fizesse. "Não precisa fazer nada, filho. Sei que você tem uma apresentação importante hoje e não quero atrapalhá-lo." Já estava me atrapalhando! Já me atrapalhara! Não há mais como voltar atrás. Justo quando eu estava tão perto!

Transtornado, apenas disse que iria desligar naquele exato momento, tendo sido respondido com uma breve e curta afirmação, dizendo como eu era teimoso. Deveríeis os Senhores ver a reação da secretária ao meu lado! Minha palidez foi contagiante e, sem saber o que fazer, ela sussurrou no ouvido do regente alguma coisa que imediatamente o fez ter um dos olhares mais horrendos que eu já vira. "Durango! É a sua chance, você já sabe!" Foi a frase que ressoou por todo o auditório, havia-se entendido que uma tragédia acontecera, as faces tornaram-se das mais aflitas, talvez o único contente fosse o tal substituto, Durango... Ninguém havia imaginado que houvesse tal possibilidade, ansiosamente, Durango esperava. Ele muito poderia ter sido o algoz, o farsante, em um plano diabólico. Não haveria a possibilidade de ele ter arquitetado tudo, Senhores?! Muito plausível seria, eu diria – a persecutoriedade nunca é demasiada. Sempre duvidei desse sujeitinho, bastava olhar para o seu chapéu sertanejo para ter certeza de que era má pessoa, Senhores! Bastava olhar para seu lenço cobrindo a boca e o nariz, vós reconheceríeis o pavor? Decerto reconheceríeis a figura horrenda tramando milhões de planos para me matar. Nada passa despercebido a minha pessoa, nada, nada! A figura feia está à espreita esperando para dar o bote, mas a verdade é que este já havia sido dado, agora, ele se consagraria.

Deveria avisar Ma-hef, mas não teria tempo, telefonar-lhe-ia, posteriormente, quem sabe. Preocupei-me com qual substância estaria em sua mente quando não me visse no palco. Eu não vi. Não pude ver sua reação. Uma tristeza e tanto! Mas pouco poderia fazer, apenas estabelecer o que havia de prioridade naquele momento.

Sair, sair, era isso, voar rumo ao mercado, comprar alguma coisa, ao menos, para ela. Esquecer, engolir, acabar, reprimir, é o que eu deveria fazer. O tempo só corre em um sentido, afinal, infelizmente, era isso ou nada.

Poderíeis questionar, de fato, por que ir naquele momento? Não poderia apenas me apresentar e ir depois? Não, Senhores, não vedes a situação?! Sois tão insensíveis assim?! Além do que, nem tive a chance de escolher, logo chamaram por Durango, maldito seja!

Fui-me, na calada da noite, no frio de abril, rumo a uma mercearia, ou mercado, o que fosse! Pães e chá, um tanto de queijo. Tentadora era a estufa, ficar com os bêbados acomodados da mercearia, sofrer do eterno retorno do mesmo. Levei uma cerveja, ao menos...

Peguei um táxi, a ocasião demandava, além do que, para isso serviam as economias, certo? Chegaria em pouco menos de uma hora. O cheiro de infância já recobria meu nariz e um refluxo insistente passou a atormentar meu esôfago. O perfume do taxista ajudava, devo admitir – perfume ou cheiro de Marlboro? Tudo remetia a ela.

A conversa era muito tediosa, eu insistia no silêncio. De todo modo, o que poderia tal homem fazer? Não teria ele percebido a quem estava se dirigindo? Não havia notado minha feição? As ruas se tornaram reconhecíveis, o que me afligia, não tenho condições de habitar este mundo. O refluxo permaneceu.

XII

sabor de infância

INGREDIENTES

- mole mole mole 10 moles de mole
- pudicícia pudicícia pudicícia 10 moles de castidade
- injeção injeção injeção 10 moles de flutuação
- facínora facínora facínora 10 moles de inimigo público
- morrer morrer morrer 10 moles na mão de um rato
- inferno inferno inferno 10 moles de cemitério
- metralhadora metra lha 10 moles desse ringue
- fugiu fugiu fugiu 10 moles escapuliu
- vergonha vergonha vergonha 10 moles na cara
- holofote holofote olho olho 10 moles de repolho
- mascando chupando 10 moles de bala
- sinal sinal fazendo 10 moles de coroa
- alto alto alto 10 moles de preço
- imitando imitando 10 moles de leoparda
- juro juro juro 10 moles não imaginei
- louca louca louca 10 moles como animal
- diversões diversões 10 moles eletrônicas
- antro antro antro 10 moles sujo
- ver ver ver 10 moles de cegueira
- mais mais mais 10 moles em demasia

- discou discou 10 moles do mesmo número
- perversa perversa 10 moles sorrindo
- sorriso balanço falar olhar 10 moles de loucura
- sabor sabor sabor 10 moles de veneno
- TV atenção na 10 moles de erro
- duro duro duro 10 moles de sábado
- até até até 10 moles até chegarmos
- total total fatal 10 moles de orgasmo

modo de preparo

adendo: essa infância tem um sabor diferente.
Talvez, um gosto de Manga?

Não!!

Enfim, é um sabor diferente!

Diferente ele é!

Um período frustrado

criança quase castrada

sorriso furtado

pudicícia violada

infância estuprada   ideias erradas

venenosa

findada   *ainda bem*

Morava perto de um cabaré	desde sempre assim fora
O filho A mãe O pai	afinal esta é a harmonia da vida
Por isso feche portas e janelas	não adianta deixá-las apenas entreabertas
Grades Trancas Fechaduras	no coração do prudente descansa a sabedoria
Natureza estranha, sensível	e muitos dizem que sou o mal
E sensual	minha vida é minha não tenho idade
Quem não me ama?	às vezes um enorme grito de dor emito

Ninguém me ama.   desapareço, ando só

O veneno acabava com a vida da criança, privada de todo
o tipo de vista. As janelas, sempre fechadas. A casa a luz
não via. As portas sempre trancadas. A casa o barulho não
ouvia. Os cadeados sempre fechadurados. A vida sempre
dura. A natureza imaculada nascera cheia de pecados.
Tentavam impedi-la de ver a química carnal. Ela estava
já dentro de si. Qualquer tentativa fútil era. A metafísica
concebera assim. Do céu só parecia ser. Era um bordel.

Dentro dessa cidade	passa um cabaré	acenando a criança	olha	recebe
Não responde	os pais vão à loucura	labutam	por	aí
Pensam nela	ela pensa não neles	no ronco	do	aceno
Do cabaré				

XIII

"Oi, mãe." Senhores, quando cheguei em casa, vi-a. Ela estava sentada no sofá, assistindo aqueles programas horríveis de televisão. Ao fundo, seu toca-discos tocava uma aberração sonora. Tudo causou uma profusão de horrores em minha mente, minha cabeça doía muito em decorrência disso. "Oi, filho! Coloca a sacola na mesa e senta aqui. Esse Chacrinha engordou mesmo, né?"

Não tem como, não, Senhores? "Esse Chacrinha engordou mesmo" é de mutilar os espíritos de qualquer ser que se preze. Como quereis que eu consiga suportar uma pessoa como aquela em meu dia a dia? Por isso, há anos, deixara aquela casa sem olhar para trás. Não tinha uma boa memória sequer daquela mulher. Meu querido pai já deixara aquele antro muito antes de mim. Tal antro sujo não era para pessoas como meu pai, consequentemente, era também incompatível com seus sucessores, ou seja, eu não tinha espaço ali.

Coloquei as compras e avisei que trouxera chá de melissa, como sabia que precisava. Logo saquei da sacola de papelão a garrafa já quente de cerveja que comprara na mercearia – as opções eram limitadas, decerto. Já zonzeava, em ondulatórias astrais provindas do inferno do disco e da TV. Mal poderia entender o que a senhora mãe dizia, o ruído era demasiado, tal como o que ela própria dizia já era algum ruído para mim. "Ô, meu filho, eu falei pra você não vir. Por que veio? E passou no mercado por minha causa ainda."

Como pode, Senhores? Falou para eu não vir?! Uma ligação daquelas é para avisar que eu não tenho que vir?! Claro que não! Cadê os pratos ensanguentados que permaneceram em minha mente por todo o trajeto?! Cadê!? Eu deixei as compras na pia e fui averiguar a louça. Tudo estava branco brilhante. Assemelhava-se a algo que acabara de ser encerado. A louça, completamente pálida, não lembrava em nada o sangue rubro que via claramente em minha mente. "E agooooora, Celly Campello!!!!!!!!!!!!!!!!!"

"Vem ver o Chacrinha, filho. Você não gosta de música? Tá tocando aqui, vem ver comigo." Não tem condição, Senhores! Chacrinha?! Como poderia eu ver isso? Como poderíeis vós ver isso? Sair de uma maravilhosa apresentação da verdadeira música, o jazz, para escutar esses crimes aos tímpanos. Mal escutava qualquer coisa, devo admitir, poderia minha cabeça implodir apenas? Se estivésseis comigo, faríeis o favor? Além do que, sei que minha mãe gostava de me provocar, ela sabia da situação, sabia da péssima qualidade da música no ambiente, sabia que eu tinha perdido uma das noites mais importantes da minha vida. Poderia ignorar? Se houvesse condição, talvez, porém já não conseguia nem estabilizar o foco.

O foco, não é, Senhores? Este amigo de longa data que está conosco na grande maioria das situações, mas se perde facilmente diante de qualquer adversidade. Ó, o tal foco! Talvez, todavia, esta poderia ser uma metáfora de natureza qualquer, porém não era: factualmente eu havia perdido o tal do foco e, sem mais, perdido a mim mesmo. Em resolução, disse que iria dormir, que já estava exausto, mesmo que nem fossem nove horas, mas ela entenderia, assim como vós, certo? Se vos leio corretamente.

Um sentimento infamiliar me percorreu ao me dar de rosto para meu antigo quarto: aqueles mistos sentimentos típicos da infância, como que nostalgia, mas com uma familiaridade desgastada – é recordável e reconhecível –, já estranha aos olhos. Olhos meus, que miravam não mais do que a permanência esdrúxula de memórias terríveis e borrões sobrenaturais. Tive de aceitar; esta, por ora, deveria ser casa, ou, ao menos quarto; precisava, Senhores, tentar não reavivar o que não se deve. Concordais certamente.

As velhas roupas de cama, lavadas, contudo; ela se preocupava ainda. Algo de belo havia, decerto, embora melancólico, basta olhar para qualquer girassol de Van Gogh para sentir o mesmo. Apesar de toda dor, havia o prazer. Ah, o prazer! Este, tão mal resolvido; sentia algo, factualmente. A cena melancólica me lembrava de poesia, dos filmes que assistia e de todas as noites que havia perdido. O território materno não poderia ser mais hostilmente acolhedor; é impossível deixar de lado o clichê do poeta que o compara a uma bela rosa repleta de espinhos. Um livro que muito gostaria de ler se chama "As Flores do Mal", de um famoso poeta francês, os Senhores, enquanto sabidos que são, poderíeis me dizer se minha hipótese se confirma, mas me parece que os relatos poéticos se assemelham a este sentimento – ao menos tal título me traz muito, muito algo de alusão ao tal espinho na roseira que tanto falam.

Deitar, por sua vez, não foi nada traumático; já havia conciliado em mim todas as faces que aquela situação poderia abordar e, exausto, pus-me de bruços sobre o travesseiro. Todas as versões anteriores de meu espírito fundiram-se em uma só, inclusive as anteriores ao meu nascimento; assim, encontrei-me bem, à medida que nada mais podia sentir, dormira. Poderia, desta vez, relatar-vos algo do sonho que tive, pois este foi vívido, em alguma medida. Encontrei algo como os próprios Senhores, não poderia dizer bem, mas eram vós, disformemente – seria meu primeiro contato convosco? Não poderia dizer, mas a conversa se deu muito bem, vós aconselhastes-me a seguir, mediante a meu breve relato de vida, vós dissestes-me que eu estava tão perto, embora já nem pudesse mais dizer de quê. Após a breve conversação, meditei em meu próprio sono, caminhei pela Guanabara, Barra da Tijuca, Ipanema, entre outros bairros, como um turista, mas apenas estava a caminhar. Creio, inclusive, que comi e fui ao banheiro, ações não muito habituais para sonhos, que costumam ter um enredo próprio, não tendo regências típicas da própria vida sobre os tais. Ao acordar, não pude distinguir sonho de realidade; o onirismo havia espalhado sua vivacidade sobre a vigília. Sonhara que havia acordado naquele exato lugar, ouvira barulhos e voltara a dormir; sequência de acontecimentos que decorreu da mesma forma quando de fato acordei. Realidade e sonho, dialetizando-se rumo ao absoluto. Acordado, enfim, vi uma cena que me comoveu, e sei que os Senhores hão de entender. Estava minha mãe sob a luz da manhã a se deleitar do chá de melissa que havia trazido – por vezes o ressentimento se dissipa, e tenho o sentimento do Redentor em mim. Ainda havia ela dito: "Ah, meu filho, fico tão feliz que tenha lembrado do meu chá, fico feliz que tenha lembrado de mim". Não tive reação outra que apenas murmurar alguma sílaba sem significado – estaria embasbacado? Dirigir-vos-ei apenas a fim de que possam, decerto, encontrar-vos; que os Senhores vivam, sois meus amigos, lembrais? Desejo-vos apenas a vida para terdes alguns momentos como este.

...

Não ides acreditar-me, Senhores! Faz já algum bom tempo desde que cheguei a esta casa. Parece-me que faz já alguns anos, para vós parecem apenas alguns dias, imagino. Passaram-se tantas coisas com minha pessoa, Senhores! Não possuo tempo o suficiente para vos contar tudo! Contar-vos-ei aqui algumas delas, para que não dizeis que vos deixei sem novidades por demasiado tempo:

Um desses dias minha mãe me chamou para escutar música. Estava no toca-discos um horrível samba. Não me aguentei, tive de retirá-lo e colocar um belíssimo jazz para ela escutar. Aliás, Senhores, mudei-me de vez para a casa da minha mãe. Todas as coisas já estão aqui. A casa de Ma-hef não vejo há décadas, um hotel sujo não vejo há dias, minha casa não vejo há séculos.

Outro dia, mãe me chamou para conversar com ela. Descobri, com esse infortúnio, que com ela não há assunto. Minha alma não compadece com a dela. O bom dessa casa é quando ela se assemelha a um cemitério. Quando está tudo tão silencioso que se escuta os tácitos ruídos do vazio. Esses momentos são, porém, raríssimos. Mãe tem falas infindáveis, a todos os instantes e em todos os espaços da humilde casa.

Ainda há pouco, tomei nota de um comportamento específico daquela mulher – espero que o seja. Ela anda de um canto a outro, sempre em busca de algo a fazer. Com isso, interrompeu-me incontáveis vezes. Já estive a tocar, em busca de alcançar uma nota dificílima, quando ela, sem aviso algum, invadiu meu quarto a fim de limpá-lo. Tentei ignorá-la, mas não foi possível. Estava irado, não tinha como segurar minha boca fechada ou minhas mãos relaxadas.

Faz já algum tempo – não há exatidão entre esses relatos, como já disse, minha noção de tempo esmoreceu há muito tempo – quando Dona Zica resolveu chamar as amigas para tomar um chá e comer um bolo. É gozado pensar sobre as relações sociais dos idosos. Eu me julgo alguém solitário: tenho poucos ou nenhum amigo. Contudo, por sair bastante, possuo uma vida socialmente ativa. Idosos, porém, não funcionam dessa forma. Eles não saem e, muitas vezes, parecem possuir amigos em negativo. Todavia, possuem a mais ativa das vidas sociais. Como dizia, nesse dia, vieram umas amigas da minha mãe. Elas, todas bem idosas, eram, em minha mente, todas idênticas. Todas meio encurvadinhas, com colunas prestes a desistir em definitivo; todas com os cabelos mais do que inteiramente grisalhos; todas com a mesma feição de boa velhinha, com o mesmo sorriso inocente. À mesa, todas levavam a xícara e o garfo à boca conjuntamente. Parecia mesmo que eram todas cópias.

Havia dias em que minha paciência existia. Vós sabeis que não sou nada paciente, não é mesmo, Senhores?! Por que vos digo que era, então, paciente? Muito simples, comparado a hoje, já fui muito paciente. Virtuoso como o maior dos sábios. Minha convivência com aquela mulher me subverteu de tal modo! Não há como vos relatar com exatidão! Velhos são como crianças, seus atos, suas ideias, sua existência. Odeio, sempre odiei e odiarei crianças; descobri, pois, que odeio também velhos. Sou impaciente, sempre fui e sempre serei com as crianças;

sou, pois, também com os velhos. Ademais, a constância desse contato destruiu meu espírito como um todo; talvez, se outras vidas existirem, ele poderá, então, ser curado.

Entretanto, esses breves relatos ainda não dizem nada sobre a gravidade do que aconteceu nesta última semana. Não consigo, contudo, contar-vos ainda. Preciso ruminar um pouco mais sobre, tracejar um plano, na mente e no papel, antes de vos relatar. Já sou uma pessoa confusa – tenho pena de vós! –, por isso, busco, sempre, ser o mais claro possível. Impossível o é, eu sei; mesmo assim, continuo a tentar.

XIV

O Parque Industrial, o plano nacional – retocai nosso céu de anil. Pintai nossas matas. Erguei nossa bandeira. Viva a nação e a noção, o plano e o positivo, o progresso – findai a barbárie. As bandeirolas já estão no quintal, penduradas no ato nacional.

Em tudo que é velho há algo de novo, como a novidade que se desfez em um fim singular, o desfim do sentido. O *nacio* só tem seu vir a ser ao lado do *now*, embora o velho seja a origem de tudo; e tudo perpassa a nação – segundos alguns Aquiles e aqueles. Devemos ser lembrados, já diriam, por isso transpassa-a a épica, inacabável e inalienável nação. Que triste a globalização, o fim, ou o começo do Parque Nacional, ambos no agora se distanciando e se aproximando em igual medida do antes – é estático, em última medida, mas se virmos de perto, é apenas estacionário!!

Quem diria que o soar das trombetas não seria o apocalipse, mas o começo de uma nova ficção. Brasil como dimensão, ó, varonil que és terra do pau de brasa, o pau brasil. O mito da sombra patriota não mais é o que assola a mente; o conflito de gerações, dos criados e dos servos – dos Getúlios e dos Vargas. Onde andarão aqueles como Prestes, em qualquer medida, hoje só se encontram Plínios e Salgados, integrais e balistas – os pais sempre serão Getúlio ou Benito, mas os filhos tudo podem vir a ser muito, uma pena que a maioria se tornem Washingtons.

Dentro do Parque Industrial, os trabalhadores, operários da fé, que sustentam o dito desenvolvimento. Uma pena para os tais é que são todos Plínios ou Sams, cooptados, sistematicamente, para crer em um Deus, Deus mercado Deus pátria Deus nação Deus cristão Deus para suprir. Ó, quando o grande dia chegar, a virada de consciência, ó, que dia, seria o fim e o recomeço.

Entre os Washingtons, quantos são Jazz? Todos? Seriam os pais jazz? O pai sim, a mãe nunca, mas seria ela algo? Muito provavelmente não, nada mais do que ela, apesar do pé no ainda não chegado trabalhismo globalizador (PTB).

O O O O O O O O O O O O O O O O O O
O   O
                O N
P O N   Jazz//Moacir//Nação   T
E

Consenso de Washington

O Mito de formação: Diabo e Deus numa sala firmaram um acordo solene entre a fé e o conhecimento

O Mendigo costumava tocar jazz em um conservatório renomado, fez o encontro entre o real e o imaginário, entre a vida e a idealização, disso resulta a nação. O encontro do Brasil cru com o ideal de Americano
pariu-se a nação.

Quem dera se o verdadeiro encontro não fosse geracional.

...

O pai héroi
Em casa não ficava
Saía que saía
Um dia não mais voltou

A mãe varria
Malvista que era
Discutia que discutia
Um dia se calou

A criança sentia
Bem quista sempre fora
Ingrata que ingrata
Um dia se revoltou

Quando o pai se foi, sem mais ou menos, a criança e a mãe ficaram. Ficaram sem ser, só aí. Não se falavam, só se viam. Não se olhavam, se debatiam.

A criança cresceu. Como crescem rápido! Lembra a mãe. Quando cresceu, quis ser como o pai. Saiu pra nunca mais voltar.

A permanência, na vida, não existe. Seu nunca, logo, deixou-se. Teve de voltar, querendo ou não.

Quando o fez, deixou de imitar o pai. Começou, então, já com mais de vinte, a superá-lo.

A reação irrompeu impetuosa. Seu ser não cria na possibilidade da morte daquele herói. Pois toda superação depende de um belo velório; e nenhum herói quer tê-lo realizado, seja o belo ou não.

Suas reações foram das mais terríveis. Ele alucinava sonhava via cria sentia olhava chorava lembrava ouvia nada o impedia.

Suas reações fortíssimas, muito mais que a abstinência que sempre sentira, retardavam o processo. Para superar, de fato, teria primeiro que enfrentá-las.

XV

Senhores, minha memória está temerosa! Cada dia que passa me sinto mais livre de minhas lembranças. Rememoro ainda, isso é um fato; porém, minhas rememorações são progressivamente mais confusas. O tempo se perdeu! Sinto que deveria vos contar algo, contudo, não sei exatamente o quê! Devia ler minhas notas, porém, escrevo-vos como se escrevesse cartas. Uma vez finalizadas, podem ser vistas e revistas apenas pelo destinatário.

Devia vos contar algo, isso é certo! O que era mesmo?! Era sobre meu tempo na casa da minha mãe, não? Tem de ser! Não escrevi para além disso, ainda. De fato, meu corpo desconhece o tempo. Sua passagem é para mim incalculável! Porém, todavia devo vos contar algo. Se não vos contar nada, sinto-me desaparecer. Como vos disse algumas vezes, sois meu único amigo.

Não lembro se era isso que vos prometera, porém vou relatar sobre esse dia. Ainda na época que vivia com minha mãe, um dia, disputei, esbravejei, renhi em demasia com ela. Como deveis saber, não sei lidar muito bem com meus sentimentos e atos. Logo após o choque saí de casa, não suportava aquele ambiente. Dirigi-me ao local predileto de todos os boêmios, um belo bar. Não era, porém, um bar qualquer da esquina – não mereço frequentar tais antros sujos. Era o bar cuja fama emanava o melhor jazz do mundo. Diversos astros passaram pelo local, deixando ali suas assinaturas, suas marcas. Certamente, em um futuro não tão distante, estaria eu também nessa posição – estava muito perto, não?

Sentei-me num dos últimos lugares disponíveis, consideravelmente distante do palco. Confortavelmente, assentei-me ali. Chamei, calorosamente, o garçom – a energia do local aliviara meus ânimos, em tese, ao menos. Pedi-lhe uma dose de uísque, do meu predileto, despendi muito dinheiro, porém precisava de um belíssimo uísque para, certamente, melhorar meu ânimo.

A bebida demorava mais do que o esperado. Minha garganta estava seca. Coçava por dentro. Para saciá-la, sabia, necessitava do meu uísque predileto. O garçom me parecera bondoso, contudo, a demora tremenda tornava-o monstruoso, demoníaco. Fui sendo tomado pela cólera. Tentava me abstrair com o cenário. Olhava para os lados, para cima, para baixo. Os pormenores do gracioso e estiloso bar, assemelhavam-se, agora, aos diferentes círculos do inferno.

O teto – ou o chão – parecia os círculos mais rasos; os objetos, os espectadores, as bebidas, as decorações, com os círculos intermediários; já o palco, os músicos, os garçons – principalmente – e os sons, eram como os mais profundos, inacessíveis, hermenêuticos círculos. Os garçons, deveis, com certeza, saber a razão; o resto, ainda não vos relatei, farei-o, porém, podeis tranquilizar-vos!

A música, que deveria ser maravilhosa, harmoniosa, apaziguadora, era, na verdade, conflituosa, horrorosa, inquietadora. Deveríeis agora questionar-me se minhas más relações com o espaço à minha volta não eram apenas decorrência do meu terrível estado mental. Responder-vos-ia, prontamente, que não há nenhuma correlação com isso. Meu estado mental, poderia até estar ruim, todavia meus ouvidos estavam mais aguçados do que nunca. Uma música boa nunca soaria ruim; da mesma forma, uma ruim nunca soaria boa.

Tal era o real problema, o bar vendia-se como maravilhoso e era horrível. O instrumento do solista estava desafinado!!!

Ó, que infortúnio, este, o meu! Darei o benefício da dúvida ao qualificar o estabelecimento; por que motivo não poderia ser apenas falta de sorte minha? Entretanto, vedes que, de todo modo, trata-se de um infortúnio meu? Invariavelmente serei eu mal-afortunado, uma tragédia, decerto – saberíeis, Senhores, onde está a tal da fortuna? Não me deixa de atormentar a mente a sucessão de mal sucessos que venho logrando, poderia ser este algum signo, talvez.

A volver ao meu estado: direi apenas que os estalos constantes costumeiros de ambientes cheios já me desencadearam reações muito piores do que a que vos descreverei. Muito pior foi o que me fez a música de qualidade pueril; porém, disso já falei muito. Tão chiquetoso o lugar era, que havia palco para uma *big band*, sim, Senhores, tamanha a pompa que tinham. Isto contudo, já me fartava, não conseguiria mais alcançar nem mesmo o mais próximo pensamento racional; precisava do meu uísque, certamente, que, em função do terrível atendimento, levou-me a uma espera imensurável. Os Senhores deveis frustrar-vos igualmente quando abandonados dessa forma, eu acredito, vós sois como eu, espero.

Como vos vinha a relatar, estava irremediavelmente irritado, em vias de cometer um dos atos mais radicais que veríeis partir de mim. O violão, ó, instrumento amaldiçoado, tinha sua corda desafinada em quase um quarto de tom, o que deveria ser pecado capital em qualquer circunstância, evento demissional, no mínimo. Ódio a tal violonista, nunca ouvira coisa tão profana, era vulgar, no pior dos sentidos – como o jazz poderia se rebaixar de seu pedestal erudito em uma involução para um popularesco desatento? Nojo, estou pasmado até agora, não consigo tirar o terrível gosto dessas notas de minha boca, sinto que vomitaria a qualquer momento.essa música, por sua vez, em meu julgamento – apenas uma formalidade humilde, mas sei que os Senhores a achais desnecessária –, não poderia nunca ser tocada em qualquer circunstância. Os nervos me subiam à cabeça, tive espécie, como diria qualquer popular. As convulsões, que me são típicas, não apareceram, de fato, apenas espreitaram. Contar-vos-ia, efetivamente, meu ato, que um dia foi glorioso, decerto, deveria ser marco para uma revolução, uma nova era, como queríamos, como queriam os sonhos e sonhares.

Senhores, sem mais delongas, levantei-me do assento já desconfortável e me pus a caminhar agressivamente rumo ao palco; nem eu sabia o que faria, tamanha a fúria. Caminhando, meus passos ritmavam melhor do que toda a banda, rumo a um fim catártico digno de uma ópera. O violão, meu olhar fixo nele, tomei-o, sem remorsos, tomei-o da mão do pecador, tomei-o daquele que já não merecia empunhar nem mesmo o mais bruto dos instrumentos. Passei, então, Senhores, a afiná-lo, para findar a dor na alma que me estava sendo causada, deveis vos identificar e vos pôr em catarse neste momento, ao menos imagino que assim estejam.

Podeis duvidar, todavia, o processo foi de demasiada rapidez, em muito pouco trouxe aquele instrumento para seu ápice novamente. Não pude, porém, deixar de notar o ambiente ao meu redor, completamente transtornado, como se não tivessem percebido o mesmo que eu, mas todos se embasbacaram, ficaram paralisados, que conveniência – parece-me que os peguei desprevenidos, coitados! Uma grande pena da minha parte, que não tenham senso algum. Será que vos peguei desprevenidos também? Seria uma lástima, pois não acredito estar falando com seres tão iletrados assim, vos considero da família, Senhores, vós não sois apenas amigos, sois irmãos, queridos Senhores, acredito que, por terdes sangue meu, perceberíeis facilmente a situação.

Terminado meu dever e diante da incredulidade geral, devolvi o instrumento com desgosto. O violonista apresentou um semblante entre o odioso e o impressionado, ao checar, que, de fato, estava desafinado. Creio eu que todos os outros instrumentistas haviam percebido, menos o próprio solista. Ora, que tragédia esta que lhe ocorreu! Mas a tragédia de um homem é o benefício do outro – para os leigos, saí de intrometido; para os letrados, certamente, saí de herói.

Sofri algumas poucas represálias, porém; não sei se vós tendes a paciência para escutar, deveis ficar tão entediados quanto eu. Em resumo, chegando em minha mesa, com o sorriso típico de resolução de tensão, fui recebido pelo garçom com meu tão ansiado uísque, juntamente de um sermão quase paternal, que veementemente ignorei – impressiona-me ainda como simplesmente não me retiraram, mas tendo a dizer que entenderam o que fiz.

Vós podeis me desculpar, mas penso agora que deixei de mencionar um aspecto muito importante: os olhares. Não os mencionei diretamente, creio que tenham sido aterradores de alguma forma; de algum modo me causaram espanto, pois eram olhares de um assombro tenebroso, sofri de um acesso de medo irracional por alguns segundos. Tenho uma hipótese, contudo, vós, sem dúvidas, conheceis o quadro *O Grito* de Edvard Munch, esse marco do expressionismo. As feições do ser retratado nela me aterraram desde a primeira oportunidade em que vi o quadro; extremamente infamiliar, os Senhores deveis perceber que até hoje não consigo me livrar de tal imagem, é um trauma, uma sombra, algo recalcado que não quero revisitar. Suponho, portanto, que este foi o trauma revisitado, a visão do medo do outro, parece-me muito justificável; talvez não suporte tal feição, talvez seja apenas o quadro.

Apesar de satisfeito, voltei atormentado à mesa, o medo alheio é minha fonte de terror – medo do medo, como diriam. Uma tamanha ironia, melhor seria superá-la, mas quisera eu, vós sois os únicos que poderíeis me acolitar.

Voltei para casa como que contrariado.

...

Ó, Senhores, iria por já terminar este relato, mas por muito pouco não me esqueço de algo importantíssimo. Vós sabeis, decerto, que minhas faculdades mentais não estão nas melhores, mas hei de vos contar um tanto mais sobre um evento um tanto curioso ocorrido com minha pessoa. Lembrai-vos de Martinha? Vizinha de minha mãe, que cuidou dela enquanto eu não chegava e que me ligou desesperadamente? Então, ocorre que esta tinha um filho, João, não me recordo se já o havia mencionado. De todo modo, este era meu companheiro de brincadeiras e travessuras na infância, contudo, há muito que não o via. Haveis de vos surpreender, este agora era homem crescido e maturado, belo, esbelto, surpreendeu-me, com toda a certeza.

Nos primeiros dias, pouco lhe dei qualquer atenção, estava demasiadamente focado em não estar. Entretanto, sua presença foi se tornando cada vez mais inevitável, não poderia deixar de notá-lo, i.e, chamou alguma atenção. Punha-me a observá-lo todas as vezes que ele ia, com a camisa desabotoada e de alpercatas com meia, regar as plantas do jardim de sua mãe, assobiando doces melodias. Chamava-me a atenção também seu jeito meio que efeminado, não posso dizer ao certo, mas ele tinha uma certa sensibilidade com as mãos, um modo calmo de falar, que eu via quase exclusivamente em mulheres.

Pouco interagi com o belo rapaz; não vos direi estar amedrontado, muito menos envergonhado, apenas me resguardava para não o incomodar. Em um de nossos únicos diálogos, "Ah, Moacir, quanto tempo, irmão, soube que você estava tocando jazz por essas bandas". Pergunto-me quem lhe disso isso, senão Martinha, é claro. Respondi afirmativamente, disse-lhe que nada era melhor que uma boa música, o que foi veementemente recebido com uma afirmação: "Agora, Moacir, estou começando a gravar minhas músicas". Achei, de fato, curioso, mas sabia que a música dele era como que um samba, algo nada conciliável com a boa música, não houve como não o olhar com desdém; porém, sei que ele há de me ter olhado com admiração, seus olhos revelavam o apreço que nutria por alguma música de qualidade. Portanto, esquivei um pouco do assunto, para não causar intrigas, "Você nunca pensou em fazer seu próprio EP?" Envergonhei-me um tanto, mas desviei, novamente, a conversa, e, a fim de não correr riscos, encerrei o assunto, dizendo que precisava lavar louças.

XVI

Ele anda em direção a um banco. Um homem, feição parecida à dele, já se encontra ali assentado. Se posicionam lado a lado, ambos sentados. Um olha para o outro; são muito parecidos. A diferença de idade é apenas levemente perceptível, devido ao excesso de cigarro. "Pai!!"

"Como vai indo, meu filho?"

"Ahh, bem, pai. E você, quanto tempo?"

"Melhor do que nunca!"

Os olhares de ambos se tornam temerosos. Ninguém quer se prejudicar, porém, ambos são muitíssimo problemáticos. Naturalmente tendem à mútua indisposição! Tempo tamanho mutilou relação. Natureza maldita amaldiçoou imposição. Sangue nobroso corre veias. Ambos, pomposos, olham-se calados. Vento gélido corta-lhes as faces.

"Não acreditarás no que me ocorreu hoje, pai!"

"Conte-me."

"Fui a um famoso bar, sua assinatura estava lá, inclusive. O local, porém, deteriorou muito, suponho. O violão principal estava desafinado!!! Pode-se isso?! Sei que não!!! Por isso... Saí do meu local, levantei-me, dirigi-me até o infernal palco, arranquei o violão das mãos do músico, e me pus a afiná-lo!!!"

"Certíssimo Filho, Somos Gênios, Devemos Temos, O Direito De Fazer Assim, Temos Devemos, Mostrar

Ao Mundo Nossa Genialidade, Sua Mãe, Principalmente, Precisa Necessita, Saber Compreender, Apreender Entender, Antes Eu Tentava Fazê-la, Agora Cabe A Você, Realizar Esse Papel."

Gestos devidamente gesticulados. Afazeres prontamente realizados. Dificuldades facilmente solucionadas. Falas divinamente profetizadas. Escolhas previamente tomadas. Planos cuidadosamente planejados. Sonhos perfeitamente idealizados!

...

Solfejo de notas, entre o ser e o não ser – na tensão entre estar e não estar. Poucas vozes formavam o cacarejo de um galo, que era um piano, com teclas douradas revestidas em latão quimicamente modificado. Cantos de um terreiro poderiam invadir a mente, mas agora seriam os próprios nomes clássicos do piano de vanguarda – a noite perigosa –, João? Prisão? Ou não – Stockhausen e os elétricos. Luto eterno.

A Noite Perigosa, em um piano preparado, de John Cage, era agora executada com maestria sob as estrelas já ausentes no solfejo de vozes obscuras – amanheceu, era o galo –, arritmado por excelência, o pesar da convulsão da manhã. Não resistira, pois forças não havia, que tristeza, restava na fleuma.

Se acentuava o ranger do piano preparado entre as casas da vizinhança. O galo cantou mais de uma vez nos mesmos tons – haver/ ou ia apreendido com certeza. Fleumático, certamente, três ou menos anos de existência e teria já de viver em um filme. A trilha passava em múltiplas faces ao mesmo tempo. Qual dos tais senhores aguentaria?

Nenhum, surgiram apenas ao entardecer, ao completar ao menos três das revoluções por entorno de Washington.

Tremores Terremoto Maremoto Vulcanismo: perdera-se do pouco que se encontrava.

"Vamos à missa?"

"Mas ele não está de roupa a uma hora dessas da manhã?!"

"Calma, eu não tive tempo."

"Você vem de novo com essa mesma ladainha?! Onde está meu café?!"

"Eu acabei de acordar, Agenor."

"Mulher, eu trabalho tanto e você não me dá nem um café?!"

"Você tá doido, Agenor!"

"Quer me ver doido, é?!!"

"Sai!! Sai!! AAAHHH!!"

"Mulher, eu não estou com paciência!"

"Tira esse cinto da mão!!!! AHHHHH!"

"Me respeita!!"

Banho de mar, vida de carioca, preguiça que mata saudade. A milícia; Os políticos. Os reis; A família – o choro baixinho das mulheres que se trancam no quarto arrependidas, enquanto questionam o que será de seus filhos. O esbravejar do lobo ao mostrar que era o dominante, que poderia ser macho.

O Bebê? Criança? Infante? Ser que acompanha de longe a chegada do apocalipse.

Flashes que se sobrepõem da mesma cena repetida por milhares de vezes, entre as mesmas mesmas dores e mesmas mesmas agressões. O sangue espalhado. Tinha sangue? O roxo. Por que não azul? Os gritos abafados pelo silêncio da manhã.

Disseram-lhe para não se assustar, claro que não diretamente – ele pensou ter escutado que era para não se assustar. Ouviu de um ser colossal, esbelto, mas repugnante – mitológico. Falou com ele como se alucinasse, a criatura era uma junção de tudo e de todos, mas em um só indivíduo. Encontrou esse ser vagando sobre pradarias que nunca visitara, sob a tranquilidade que nunca havia experimentado. Após o trauma, sempre há o alívio, participar e esquecer, remediar e politicar, era o Leviathan e o sentimento do mundo.

XVII

Não ides acreditar em mim, Senhores! Senhores, eu tive um sonho! Relatei-o à minha mãe, Senhores! Senhores!! Senhores, desabei!!!

...

Senhores, desculpem-me a confusão, escrevi-vos o último trecho em um momento muito difícil. Não me foi possível me expressar com exatidão. As ideias estavam mais confusas do que nunca. A cabeça afligida por pensamentos incessantes, noites incansáveis, sem dormir. Agora já passou algum tempo, o suficiente para vos relatar com mais precisão. Deveis ter já percebido, escrevo-vos fora de ordem. Às vezes, logo após os acontecimentos; às vezes, muito tempo depois deles. Tive o cuidado, contudo, de organizá-los em ordem cronológica; sou levemente metódico, como bem sabeis. Dessa maneira, podeis me entender melhor, compreender-me, como bem deveis.

Passo, portanto, a vos dizer sobre o que há de mais espinhoso entre minhas experiências. Passado algum tempo – meses ou semanas, algum dos Senhores poderia me dizer – os eventos passam por sublimações, recalques, ressignificações e tudo o que há de mais hermético na mente, assim, tornam-se, de certo modo, compreensíveis, senão passíveis de adquirir sentido, qualquer que seja.

Um *Acontecimento*, de fato, Senhores!, mexeu comigo completamente, destruiu-me e me reconstruiu! Percebeis, então, a razão da minha expressão anterior. Naquela hora, estava mesmo abaladíssimo. Agora, porém, tentar-vos-ei contar com mais detalhes e ordenadamente os eventos. Perdoai-me de antemão pelo estilo, tentarei vos relatar de maneira vívida, porém, minha habilidade literária não é tão grandiosa quanto a musical:

Acordei aflito. As rajadas de vento passavam como lâminas por meu rosto. A janela aberta, levemente, com a persiana abaixada em quase sua totalidade. A luz passava em feixe, assim como o vento, dentre as inúmeras possibilidades de tingir minha face. Feixes. Como imagens que vira durante a última noite.

Fui, rapidamente, até a cozinha encontrar minha mãe. A cabeça aturdida, transbordando aflições. As imagens, ali, encravadas. Flores azuis se destacavam entre as demais, na paisagem plana da manhã comum. O céu, também azul, mas claro, corria sobre as cabeças de todos aqueles que ousassem colocar os pés no chão. Moderna era a selva em que habitava a senhora; preservava, porém, alguma mata. Ecoou, a voz estridente que não pertencia à casa – vizinhos, decerto.

"MÃE!"

"O que foi, filho?!"

"Preciso te contar uma coisa, mãe."

"Pode falar."

"Não. Vem aqui antes! Não consigo relatar esse sonho direito!"

Libertação. Soltar as palavras todas. Falar tudo o que deveria. Deveria me escutar, me ouvir, me entender. Me salvar. Falar é se libertar. Libertação e salvação. Salvação é palavra, salvar é ação. Palavra é meio. Meio para a ação. Assim, queria ser salvo, queria ser liberto, queria me abrir, finalmente. Por isso, falei, disse tudo o que deveria e gostaria de dizer. Devia isso a ela há anos, não houve, porém, oportunidade antes. Essa foi a primeira; talvez, tenha sido tarde demais.

"Mãe, sente-se, primeiro. Não sei quanto demorarei para lhe contar. Contudo, presumo que será cansativo."

O tempo é relativo. Demoro minutos para discursar e horas para proferir uma palavra, apenas. Esse sonho era curto e pesado. Curto, porém, pesado. Contar-lhe seria, assim, cansativo. Sabia, não me alongaria. Demorar-me-ia em mim mesmo. Acontecer-lhe-ia o mesmo.

Sempre hei de ser o mesmo, com a mesma forma e os mesmos maneirismos de sempre, não há como evitar. O céu azul, todavia, trazia uma surpresa que ocorreria em qualquer um dos casos. Ela se debruçou sobre o sofá de modo tenso, como nunca havia feito, estranho e rangente, o signo de preocupação.

As faces se configuravam em caricaturas. Cada qual com o seu exagero particular. Ao passo que também havia quase que um esforço para evitar a careta em que a preocupação vinha como censora máxima. O riso poderia e deveria escapar a qualquer momento, o que nada tem de irônico, na realidade. As feições caricaturizadas emitiam seus rangeres internos muito fortemente. Máquinas de produção de mentira que precisavam de uma nova troca de óleo.

"Filho, você tá me deixando preocupada, fala logo o que é, não vai ser breve?"

De fato, uma brevidade, nada de doces ou bolos, mas algo curto. Ela se sentou muito comportada, quase que anestesiada pelo choque, ou talvez pela manhã barulhenta. As caricaturas se aliviaram, tornaram-se não mais que um não registro do momento passado – o próprio passado. Não se pode dizer que as coisas pararam, seria um clichê, mas reduziram sua velocidade em um grande nível; não como câmera lenta, mas como ilusão.

"O sonho começou normalmente, como uma continuação do da noite anterior..." Não houve mentira, o sonho se deu como qualquer outra experiência já mencionada aqui. Talvez a estranheza se devesse ao fato de que era dia durante o sonho, por isso não parecia uma continuação exata, mas, cronologicamente, se dava *a posteriori*. As posturas se relaxaram, diria, no sofá, as pernas idosas já haviam parado com seu balanço incessante, enquanto as minhas, mais jovens, alternavam entre um estatismo tremendo e uma sequência ritmada de batidas no chão.

O sofá mofou. Não naquele instante, mas se havia feito perceber pelo cheiro que estava com mofo. O que não deixa de ser deveras irônico em uma casa que a obsessão por limpeza é tão significativa. Contudo, o envelhecimento acontece invariavelmente de saúde e cuidado, o tempo de todos chega e nada se pode fazer a respeito. O sofá era mais velho do que eu, certamente; uma relíquia dentre as tantas que foram destruídas pelo tempo. Entristece-me que tanta coisa se havia perdido, lembro-me da famosa biblioteca de Alexandria... não comentarei, há apenas ilusão.

Todavia, havia beleza: o Belo. Essas manhãs de outono – não sei ao certo – costumavam abrigar em si uma exoticidade, algo muito peculiar do dia do carioca médio. Sentia-me como que na França, a deleitar-me de uma brisa gélida, mas que combinava com meu casaco de marca. Era belo. As plantas e verdes bonitos, sem chuvas, nem sóis exagerados: a moderação.

"...Estava andando por uma praça qualquer, muito estranhamente, estranhava tudo o que havia à volta, até que avistei o pai em um banco..."

O clima ganhou algum peso, decerto. Quando em contexto não banal, sério, citar Agenor Martins era uma fonte de intriga. As coisas se tornaram mais pontiagudas e agressivas em função disso, provavelmente. Como tomar cuidado agora? Inseguranças poderiam e deveriam aflorar nesse momento, quem me dera. "...Começamos a conversar, como de costume. Conversamos sobre aquela noite, lembra que eu tinha ido no clube de jazz? Ele me aconselhou muito bem, reforçou aquilo que eu já sabia."

Os conselhos do meu pai não eram exatamente frequentes. Na infância o máximo que devo ter aprendido com ele foi a tocar algum instrumento, o que já é incrível. Será que a ausência dele foi realmente um fardo? Eu diria que houve uma troca muito interessante de gênios de diferentes idades. A criança absorvendo do mestre, dois gênios, sem rivalidade; talvez esta tivesse aparecido se a convivência fosse maior. Os grandes espíritos precisam de espaço para encarnar e florescer, sem isso, nada acontece; ele roubaria todo o meu espaço, eu nunca entraria em um conservatório desse modo.

Era a atenção que dominava. Estávamos todos tensionados e atentos a qualquer movimentação suspeita,

a tensão sendo indício de transgressão.

.

"Depois... tudo ficou escuro e vi apenas uns *flashes*. O pai... ele estava te batendo, Mãe!"

"..."

"Mãe, ele estava te batendo!"

"..."

"Estava te açoitando com uma cinta!"

"..."

"Mãe, o pai não faria isso!"

"..."

"Ele não faria isso nunca!!"

"..."

"NUNCA FARIA ISSO!!!"

"..."

Já havia de se ter fim o grande projeto de conversa que fora instituído. O que fazer? Os traumas estavam à mesa já, expostos como ferida viva e reaberta depois de cicatrizada. Poderia ser descoberta? Deveria, decerto. Porém, por que não só um sonho? O que o impediria de sê-lo? Visto que os flashes não pertenciam a uma memória de um dia qualquer. Não faria sentido, sonhos são conhecidos por serem invenções, ninguém sonha com o que aconteceu, não é mesmo?

"Ele não faria isso nunca!!"

"..."

"NUNCA FARIA ISSO!!!"

"..."

Sonhos, sonhos, sonhos, estes que estão apodrecendo de tão maduros. Talvez precise comê-los de tão maduros que estão, para que não apodreçam e se tornem empecilhos ainda maiores. Digestão, a etapa mais difícil, estaria passando por ela agora? Sinto que digeri, ao menos, metade dos caquis que já comi e um terço dos sonhos que lembrei.

Expurgo, o fim da ideia, a superação máxima, devo ter evacuado a grande maioria das comidas que comi até então; uma minoria eu absorvi, realmente. Seria a superação a absorção ou o expurgo? Chega de escatologias.

"MOACIR!!! VOCÊ TEM QUE ME'SCUTAR, MOACIR!!!"

"..."

"Você precisa me ouvir, meu filho!!"

"Não...n...ã...o. Nunca...nunca faria!"

"Nunca faria?"

O indício havia se comprovado, não havia mais para onde ir. Nada mais poderia fazer qualquer sentido que fosse. O mundo que caiu, há de cair ainda mais, aguarde. Nada mais nasce no solo que foi contaminado; as lágrimas que foram derramadas não podem mais ser repostas. O leite derramado deve ser mais e mais vertido, cada vez mais chorado, porque não resta mais nada; não há que fazer nada, apenas observar a realização do extermínio da raça humana em plena face da mente.

"Nunca faria?"

"NUNCA!"

"MOACIR!!! VOCÊ TEM QUE ME'SCUTAR, MOACIR!!!"

"Como assim?!"

A falta que faz... Desilusão, o pior dos males do homem moderno. Sempre achei que jamais sofreria de desilusão, que era maduro, certo da realidade. Mas e se isso se subverte? Como? A realidade era única, na medida do possível. Nada poderia fazer agora; nada. Agora, fragmentado, não posso mais passear pelas ruas sem me lembrar das folhas de verão caindo durante o outono.

"Todo dia... todo... dia, ele me batia... me agredia!"

"…"

"Pergunta pra Martinha, ela é a única que sabia!"

"?"

"Você faz ideia do que é viver com medo? Medo de ele chegar bêbado e me agredir! Medo de escutar as músicas que gosto! Medo de dançar o que quero. Medo de conversar com minhas amigas. Medo de fazer qualquer coisa!!"

Medo, medo… Eu tive muitos medos quando criança, e quando adulto. O medo de morrer me acompanhou por um ano, depois superei. Medo do escuro me acompanhou por mais ou menos dois anos e meio. Medo de estar sozinho… não posso dizer ao certo, é um tiro no escuro, porque não posso mensurar uma sensação que está presente agora. Nunca tive esse medo, ou sempre o tive; mas agora é inevitável, simplesmente incontornável. A solidão nunca me foi problema real antes… devo ter queimado meu cérebro, voltarei assim que encontrar conserto. "I.M.P.O.S.S.Í.V.E.L.!.!.!"

"Martinha vivia dizendo pra eu fugir! Ela falava que me ajudaria, que não tinha condições d'eu ficar aqui. Só não fui por sua causa."

"…"

"Depois, ele foi embora e nunca mais voltou, ainda bem!"

"COMO VOCÊ PODE DIZER ISSO?! ELE É MEU HERÓI. FOI UM DOS MAIORES DO JAZZ!!!"

"MOACIR!! VOCÊ ESTÁ DOIDO!!"

Inconcebível, inconcebível! O maior do jazz, o maior de todos, o ídolo dos ídolos, como acreditar? Alguém haveria de estar errado na história. Devia haver algum exagero. Devia haver algum motivo, uma justificativa, qualquer coisa. Ninguém apanha por nada, sempre há uma razão. Mas ainda assim... não é concebível, devo estar enlouquecendo, quanto heroísmo é necessário para justificar coisa tal? Vou-me embora, deveria ir-me embora.

"..."

"ele me estuprou, Moacir."

"...?...?...?...?..."

"é verdade, meu filho."

"e... u... eu... s... o... o... sou... fr... uu... to... fruto... eu sou fruto de um estupro?!"

"..."

"eu sou...um fruto...podre? sou um fruto podre?"

Um fruto podre!! Como poderia? Eu? Nada disso é possível, a podridão não é inerente ao fruto, ou é? Questões, questões, questionamentos e mais questões. Onde andará? Não, apenas não. Os frutos podres são jogados no lixo para que sejam comidos por porcos em lixões e aterros, se tiverem sorte. Eu não me misturo, não serei comido, comerei. Meu pai, meu pai comeu, eu sei, nunca foi comido, foi embora. Ele não era podre, eu que nasci estragado. Conflito. Não consigo. Para se nascer podre, alguma responsabilidade a progenitora tem; e o progenitor? Também? Inconcebível, eu, sim, sou fruta que se coma – flor que se cheire. Não me desrespeite assim.

"..."

"É POR ISSO QUE VOCÊ ME ODEIA?!!"

"NãO diGa Isso, FiLho!"

"É por isso que você não me olha no olho há tantos anos!!"

"Olha pro que você tá falando, filho!"

"É por isso que você nunca gostou de mim! É por isso que nunca vai gostar de mim!!!"

"MOACCIIRR!!!"
"NÃO FALE MAIS COMIGO!"

    Senhores! Deveis ter lido meu breve escrito. Novamente, perdoais-me pelo estilo, já vos relatei que meus dotes literários são deveras rasteiros. Acho, porém, que deveis ter compreendido melhor os fatos. Após minha última fala, apenas saí de casa. Essa noite, passei fora. Quando voltei, nada mais fazia sentido.
    A partir desse momento, eventos que não deveriam acontecer passaram a se suceder inesperadamente, Senhores! Não vos assustais.

XVIII

...

XIX

Como vos dizia, Senhores, após a discussão, retirei-me. Fui beber. Claramente, não me desloquei para aquele bar ruim, fui até outro; para beber o mesmo uísque, todavia. Fiquei algumas horas naquele antro. Não sei exatamente quantas. Embebedei-me. Não saí, fui retirado. O dono do bar, quase, carregou-me até à rua. Encontrei-me, ao nascer do sol, jogado na sarjeta; rastejando, movimentei-me pela cidade.

Nunca, Senhores, desesperei-me tanto! Já vos digo: vaguei muito por essa cidade nesta noite. Contudo, estava tão fora de mim que não me recordo de nada. Noite agressiva, mortal; matou-me de dentro a fora, até que renasci no dia seguinte. Na verdade, não. No dia que veio, estava ainda mais morto. Escavei a terra, afundando-me em cova profunda. Ó, Senhores, como é boa a vida! Ó, Senhores, como é grata a vida! Ó, Senhores, como é glorificante a vida! Ó, Senhores, como é ruim a morte! Ó, Senhores, como é ingrata a morte! Ó, Senhores, como é aviltante a morte!!

Vós, decerto, haveis de me compreender, relacionais a vós mesmos a minha situação, não é mesmo? Sei que os Senhores sois seres tão notívagos quanto eu. Vós sois o meu maior exemplo, espelho-me, sempre, em vós; vós haveis de ser meu espelho, por sua vez.

Desculpem-me, novamente, Senhores, estou com grandíssimas dificuldades para narrar esses acontecimentos. Não consegui recordá-los propriamente. Sempre me distraio em minha mente e começo a lembrar outras coisas. Melhor seria se eu vos relatasse de outra forma.

Mais uma vez, perdoem-me muitíssimo, mas não vejo outra forma de vos contar, com precisão, os fatos. Ao terminar, voltarei a escrevê-los de forma mais habitual, vos prometo:

As ruas, entre ruas e mais ruas, emaranhavam-se como ninho de passarinho. Manhã e noite só se diferenciam pelo aparecer do sol, mas como saberei que és este e não um farol? O clima embriagado não é mais que um recurso estilístico do autor, embora seja real, a embriaguez, além de inevitável, era palpável. Vagar é uma tarefa de andarilho, emaranhado por essência.

Digo que nada recordo, mas recordo das luzes, vozes e olhares da noite; da crise, do choro e da emoção. De tudo que senti tenho recordação, sinto na pele, como se sente no pelo, a navalha.

As luzes: piscavam em sintonia desregulada, como a noite manda, o farol do carro no meu olho.

As vozes: entravam por um ouvido e saíam por outro, não sem antes rasgar meu cérebro. Convulsão.

Os olhares de: medo, susto, morte e signo do desfazer do mundo por si só – como sustentar?

A noite: escura, como deve ser.

Pulsa no cerne, como qualquer motor que vibra: delícia, luxúria. Não cultivo, nada disso cultivo, não sou luxurioso; a noite nada é de despudorada, bebida não é sexo. Ao piscar o centro, encontro-me na paz, no espírito e no santo, como manda a noite, que diferença faz morar do lado de um cabaré?

O som de choro não é suportável, os bêbados são insuportáveis, indecentes, inadequados. Mas eu estava em meio a eles, em sintonia, na harmonia divina do inadequado, que ironia. Percebeis; era meu tal esperneio, compondo a satânica melodia dos alcoólatras.

O sentimento é essencialmente ambíguo, faz parte de sua natureza dialética. A provação pela negação e a reprovação pela afirmação compõem o real. Todas as ideias irão se contrapor e, não necessariamente, encontrarão síntese. A emoção descambará, ou, em incompreensão, ou, em superação.

Das loucuras do mundo, muito me inconforma a situação do desiludido, do depressivo e do des-maníaco. Aquele que passou pelo luto da ideia, que tudo perdeu, ficando apenas com um punhado de migalhas para alimentar os pássaros. O chão não está mais presente, nem o teto – o que, ao menos, permite observar as estrelas. A máxima de que ideias podem mudar o mundo, na realidade, apenas se aplica ao nosso mundo particular, ao pequeno reinado que pode ser influenciado, geralmente, de forma negativa.

A noite não cura, apenas aumenta a ferida, adianta o trabalho do coveiro – cava a cova. São constatações de um ser póstumo, não memórias, mas vivência – haja contradição! Os vivos acabarão por se esquecer dos mortos, mas ser um vivo póstumo coloca-te em um limbo irremediavelmente esquecível, onde a tua presença constantemente lembra o mundo de sua existência. Este é o lugar do depressivo e do desiludido, desviver aquilo que foi vivido, até que se possa morrer em paz. Todavia, por que não outro lugar? Em vez de morrer para sempre, deixar de ser póstumo, voltar à vida. A impossibilidade é apenas teórica, deve-se, para tanto, viver aquilo que não foi vivido e resolver a pendência que foi deixada e, talvez assim, se possa morrer em paz.

Tresloucada, a noite roubava meu brilho para se manter escura. Acontecia que minha escuridão era igual à da noite, de modo que o roubo resultava em claridade. Contudo, essa lógica é falsa, a noite não cura, apenas amplia a ferida; não gera determinação, apenas acovarda, apequena. O póstumo permanecerá póstumo, desvivendo o vivido, rumo à morte.

Ia-me, ia-me... O Sol já pairava no fim do horizonte. Minha vista sabia, novamente, avaliar o mundo. Desloquei-me, enfim, rapidamente. Sentia o próprio vento acariciar minha cara, ou, como o vento, sentia minha própria cara acariciar. Aturdia visões, folhas, sons, imagens. Voava sobre os ares matinescos. O espírito boêmio se esfumaçava junto à embriaguez. Volvia-me a mim. Consciência maldita: observava, avaliava novamente minha volta.

Um barulho inusitado – era ainda madrugada – atingiu meus ouvidos. À minha frente, uma pequena multidão impossibilitava qualquer passagem. Vizinhos na rua fofocando, pensei. Não despendi muito esforço, andei e andei, devagar. Utilizava os meus braços para abrir espaço em meio ao burburinho.

Avistei, porém, uma mais elevada concentração. Impossível de ser superada. Fui obrigado a diminuir os passos. Andei ainda mais devagar, tentando não ser esmagado.

"Licença, licença."

Puxava, levemente, alguns ombros.

"Licença, licença."

Levantava a perna esquerda, seguida dos usuais movimentos com a direita. Abria, sem pressa, os braços.

"Licença, licença."

Sentia feios olhares, tanto de cima quanto de baixo. Continuava com os agires, todavia.

"Licença, licença."

Cheguei, enfim, na concentração mór. Enfiei minha cabeça entre várias outras.

"Licença, licença."

"Olha por onde anda!"

Pessoas em cima de pessoas, sufocante. Mas estava determinado a chegar ao centro.

"Olha por onde anda!"

"Licença, licença."

"Olha por onde anda!"

Esgueirei-me entre espaços minúsculos, como um rato à procura de um gato.

"Licença, licença."

"Olha por onde anda!"

"Licença, licença."

Um corpo no chão de asfalto era levado ao carro. Os pressentires não hão de falhar.

Era ela. Como aceitar aquilo?

XX

Cidades, pessoas, multidões espalhadas. Largas avenidas, transportes, grandes distâncias. Culturas diferentes, muitas gentes, variados viveres. Cidade, combinação de variáveis. Pessoa, combinação de células. Histórias múltiplas se geram e se regeneram. Mutuamente, se ajudam, se atrapalham, as pessoas, as cidades, as nações. A vida, ao fim, sem fim, interminável. Depois da morte, começa um processo sem final. A moeda de dois lados, cara e coroa; a cidade de dois lados, centro e periferia; o mundo bipolar, Norte e Sul; as pessoas duais, bem e mal. Bem e mal, dois nomes de nada, desiguais. Conteúdos iguais em seu nada imutável.

Andar andar caminhar correr andar caminhar correr caminhar caminhar correr andar parar olhar sentir viver não sem vida a vida é viva a morte solenemente é exclusividade fatal destruidora de esperanças quaisquer sentir sentir a iminência eterna é a iminência mortal do final.

Ver olhar observar analisar a vida eterna análise o momento qual a percepção atrofiada é marca o fim do viver a morte ambulante caminhante sentida por todos sempre mas solenemente contundente e recheada de especificidades ignorada por todos durante a vida cutuca-te quando quer desestabilizar-te.

Humano ser social sente até pelos que nunca sentiram mais ainda pelos que já deixaram de soterradas ideais surgem rompendo mortos saindo do fundo das terras andando pelos metrôs subterrâneos.

Viver por si ou pelos outros a questão mesma dos sentires sentir sobre si ou sobre outros morrer por si pela pátria ou pelos outros morrer pelos mortos negar-se sobre a vida é também morrer-se não A morte sempre vivida em todo instante chega ao fim no momento que a vida se esvai não volta depois nunca mais a cabeça cheia de mortes pensa jamais apenas balbucia soletrar sem pensar palavras ações fonemas que rompem barragens.

...

"Morte?"

"Alô,

mãe?"

"É você aí?"

"Moacir?"

"Quanto tempo,

meu filho!"

"Mãe…"

"A senhora…

…está bem?"

"Não se preocupa,

filho"

"Eu tô bem"

"Mãe!"

"Desculpa…"

|Você só me visita quando eu quase morro|

ISTO CRISTO CRER CREDO CRISTO ISTO
|||||||||| CRISTO ISTO EDO CREDO CRER CRIDO
ISTO CRISTO ||||||||| CREDO ISTO CRÊ CRISTO
ISTO CREDO CRER ||||||| SALVO SALMO
CREDO CRER CRAVO CHEIRO CREDO CRER
|||||| ISTO CRISTO SALVO SALMO CRÊ CREDO
CRER |||||| VEJA CRISTO CREDO CRER IGREJA
VEJO MONTE CRISTO CREDO CREIO ISTO
|||||| VEJO MONTE COM CRISTO QUE VÊ VEJA
CREDO CRENDO SALVO SALMO ||||||||| REZO
REZA CREDO CRÊ CHEIRO CRAVO VEJO |||||||
CÉU NUVENS CRISTO VÊ ||||||| MONTE VISTA
CRISTO CRÊ |||||||||| MORRO PÃO DE AÇÚCAR
VISTA BONITA CRISTO VÊ ||||||| GENTE
CRENTE SALMO SALVA CRÊ |||||| BÍBLIA LÊ
MONTE VÊ CRISTO REZA GENTE CRÊ ||||||
MORRO ALTO VISTA CRISTA QUEDA MAR |||||
MORRO ONDA MAR SOBE ||||||| MORRO PAZ
VIDA GUERRA |||||||||||||||||||||||||||||||||||||||||
|||||||||||||||||||||||||||||||||||||||||||||||||||||
|||||||||||||||||||||||||||||||||||||||||||||||||||||

De quem é a culpa?
Deus
Do Cristo
Ou do Redentor

Só se sabe de uma coisa
O Rio de Janeiro continua lindo
O Rio de Janeiro continua sendo
Apesar do
Bem-te-vi
Da camareira
do motel
E das moças
do cabaré
A Morte é
inevitável

Te encontrare una mañana
Dentro de mi habitación
Y prepararás la cama para dos

Canción Para Mi Muerte
Sui Generis

XXI

Senhores, desculpai-me pela minha escrita, desconheço forma outra de me expressar. Após a fatídica cena, morri mais algumas vezes. Houve, porém, alguns minutos de vida e paz. O funeral foi trágico. A vida depois dele, também. Em seguida, então, a queda foi ainda maior. Narrar-vos-ei um pouco sobre os momentos após a morte.

Já vistes, Senhores, a morte de algum ente querido? É realmente trágica! Seus rituais também o são! Não achais? Alguns dias após a morte da mãe, levaram-na ao cemitério. Entrementes, fui tomado pela tarefa de encontrar um bom padre para o ritual. Nunca fui um assíduo frequentador de igrejas, minha mãe gostava de ir, mas Agenor não permitia. Às vezes, pairavam pela casa cânticos de louvores e orações; contudo, nunca me esforcei a entendê-los. Portanto, a tarefa me foi complexa.

Já tivestes que realizar tarefa desse tipo, Senhores? Presumo que não. Pois, é muito pouco usual e inusitada. Nunca havia me imaginado realizando algo assim. Contar-vos-ei um pouco minhas realizações: vaguei pelas ruas buscando igrejas. Tinha como objetivo encontrar um bom padre, que fosse do meu agrado; isto é, um homem de cultura como vós.

Não pensava ser estes padres tão raros! Aonde chegamos, Senhores?! Encontrá-lo-ia, sabia. Porém, demorei muito mais do que o esperado. Entrei, ao todo, em quase 30 igrejas, de fato, andei por todo o Rio.

Ao chegar em uma igreja, ia direto ao confessionário; meu objetivo era, solenemente, testar o padre. Vós, regularmente, escutais-me; deveis, portanto, saber bem como converso. A grande maioria dos padres falhava nos meus testes; alguns falavam demais, outros de menos; muitos eram vulgares; havia aqueles que tentavam me engabelar; havia até mesmo uns que deviam estar na cadeia. Em Madureira, local que, porventura, encontrei-me em minhas andanças, encontrei uma igreja recém fundada, portanto, incompleta; o que me impediria, porém, de encontrar o orador ideal para os ritos fúnebres naquele lugar? Pus-me a procurar o padre, o que demorou, em mínimo, três quartos de hora – irritou-me. Disse que deveria sacramentar minha penitência, e ele me conduziu para um confessionário improvisado. "Quais foram os pecados que o Senhor cometeu, meu filho?" Falei apenas que havia deixado de praticar a fé nos últimos tempos. "Ó, que horror, meu filho, deves buscar Deus urgentemente; lembre-se, os hereges vão ao inferno!" Indignei-me um tanto, mas, controlando as paixões, disse que rezaria cinco Pais Nossos e fui-me embora.

Como vistes, quando os padres não eram de meu agrado, logo saía da igreja, estava ficando sem tempo. Enfim, cheguei a uma igreja nos confins do Rio de Janeiro, de estrutura simples, pintura mal-acabada, madeira velha apodrecendo. Realmente, simples. Os frequentadores também o eram, perceptível por suas roupas. Fui até o confessionário e segui os conformes, perguntei tudo o que estava num plano já traçado – tantas vezes já tinha falado, que decorara tudo. Supunha que este seria também um padre vulgar.

Senhores, não imaginais quão errado estava eu! O padre daquela igrejita se chamava Farias. Ele fazia de tudo, uma belíssima alma; ajudava todos os moradores da região e ainda mantinha aquele lugar com verbas praticamente inexistentes. Além disso tudo, era um homem culto, muito sábio e inteligente. Versado nos clássicos, apreciador de boa música e excelente orador. No confessionário, foi o único que passou em meus testes. Quase, sem realizar esforço, converteu-me; em nenhum momento tentou fazê-lo, mas eu sentia que estava acontecendo.

Após os testes todos, decidi-me. Farias conduziria a missa do funeral. Naquele momento dificílimo para minha existência, foi quem mais me ajudou. Conversar com ele era uma benção. Deleitava-me ao ouvir suas palavras, sempre, belamente articuladas. No funeral, ele foi, também, maravilhoso. Narrar-vos-ei este evento da mesma forma que venho descrevendo momentos indescritíveis, caso fossem relatados de maneira convencional. Perdoai-me, novamente:

A morte, ela é cruel, ela é maldita, ela é indigna. Achava isso, tinha convicção disso. Com a morte da minha mãe, essa percepção apenas se intensificou. Padre Farias, contudo, fez-me repensar desde a primeira vez que o vi. A confiança na própria palavra, que não era dele e sim de Deus. A certeza adquirida por ser um receptáculo e nada mais. Aquele poder de convencer sem se esforçar. Via-o sempre brilhando.

No dia do funeral, não foi diferente. Começou como um dia qualquer, acordei mal – talvez pior que o usual –, comi mal, senti-me mal. Quando pensei no que teria que falar, piorei; quando lembrei que estaria lá o corpo, que eu teria que olhá-lo, encará-lo, fiquei ainda pior. Devia, primeiro, me encontrar com Farias. Ao visualizá-lo, divinamente, melhorei. Não estava bem, evidentemente.

Porém, já não me sentia tão mal.

A manhã era fria; os ventos, gélidos; fraco o sol que pairava no horizonte. Abri a porta de casa e senti tudo. Aquela cena me trazia boas velhas lembranças e péssimas recentes memórias. A mesma rua que me viu crescendo, viu minha mãe morrer. A mesma que me viu nascer, viu-me negá-la. Pensava, lembrava e chorava. No geral, o mal tinha vencido. Queria me redimir. Parecia não haver como.

Pela rua andava, cansava-me. Sem pressa, parava. Num banco, sentava-me e rememorava. Maldito seja o vosso nome, Agenor, Martins. Um banco qualquer me lembrou do sonho. Maldito seja o vosso nome. Aquele sonho, recordava-me daquela conversa. Maldito seja o vosso nome. Aquela conversa evocava as últimas horas. Maldito seja o vosso nome. Herói meu que és, pode ser aquilo tudo verdade?

Com aquela fatídica conversa, surgira em mim um buraco, cujo diâmetro apenas aumentava. Naquele dia, abriram-se em mim dois buracos. Um só crescia, outro já era maior que eu. Odiava minha mãe, sim, odiava-a... até que ela já não estava mais lá. Deixei de vê-la, de senti-la, de odiá-la. Queria tudo de volta. Sabia que não teria, mas queria do mesmo jeito.

Levantei-me, volvi a andar. Logo, encontrar-me-ia com Farias. Ele devia já estar me esperando, de lá iríamos juntos ao cemitério. Atravessei a rua, fora da faixa estava – acho. Um carro veio em minha direção. Vi-me no chão. Vi a rua me encostar. Vi o carro me olhar. Brigavam, vi. Ele impediu-a de encostar-me. Cada qual gritava, berrava, xingava, batia. Jorrávamos.

Volvi à consciência, nada se passava. Padre Farias estava ao meu lado, rezava. Ao ver meu despertar, alegrou-se. Senti o sorriso de sua alma. Ele não fez perguntas, apenas sorriu. Ele estava acostumado com momentos difíceis, em que as palavras, além de fúteis, são espinhos. Eu estava deitado em um banco, não sabia mais nada. Imaginei que ele tivesse me visto desmaiando e tivesse vindo ao meu socorro. Talvez fosse esse o caso, decidi não quebrar o silêncio. Levantei-me com o auxílio dele e fomos juntos ao cemitério.

Ao lado dele, o tempo passou rápido. Era dia, a temperatura estava agradável; o sol, alto e forte; o céu, belo; e a companhia; majestosa. Eu me sentia caminhando sobre as nuvens, não havia nada ou ninguém para além de nós dois. Estava a salvo do mundo e do eu.

O cemitério se encontrava repleto de conhecidos e ex-conhecidos. Dos primeiros, apenas Farias, Ma-hef e Martinha. Dos segundos, muitos cujos nomes eu desconhecia. O clima só era bom quando eu estava perto de Farias; se longe dele ia, tudo se entristecia. Fiquei imobilizado ao lado dele, pouco a pouco, vinham-me, um a um, todos os presentes. Abraçavam-me, beijavam-me. Chorávamos.

A fila se formou e se encerrou, como a vida. O dia já escurecia, muitos ex-conhecidos já tinham ido, voltando ao meu desconhecimento. Os presentes eram, agora, maioria conhecida. Isto é, restavam apenas quatro: Farias, Ma-hef, Martinha e uma ex-conhecida, cujo nome desconhecia. Farias se aproximou e me avisou que chegara a hora. Tomei coragem e fui até o corpo. Dona Zica, minha mãe, estava deitada personificando a paz. Toquei-a, senti-a. Chorávamos. Farias sinalizou-me o início dos ritos:

"Estamos aqui reunidos hoje em homenagem à Dona Zica. Mãe de Moacir Martins, falecida há poucos dias."

"..."

"Moacir, quer deixar algumas palavras?"

"…"

"Moacir?"

"…"

"Não quer deixar algumas palavras?"

"…"

"Moacir?"

"…Ah! Desculpem-me muitíssimo. Queria dizer algumas palavras, sim, porém, não consigo expressá-las. Nos últimos dias refleti muito em como tratei minha mãe até aqui, em quem são os meus maiores exemplos, em como deveria agir. Não sei se cheguei à conclusão alguma, mas quem precisa de conclusões, não é mesmo? Eu acho que quando a vi pela última vez, talvez tenha sido a primeira vez que verdadeiramente estive com ela. Toda minha vida até então foi de olhos fechados. Vi apenas através dos olhos de outrem, do meu maior herói, meu pai, Agenor Martins. Com a morte, porém, meio olho meu se abriu. Não sei mais dizer se tudo que outrora acreditara procedia de fato. Não quero, no entanto, que tudo aquilo desabe. Encontro-me encruzilhado, sem saber para onde ir. Achava que, até este momento, estaria já mais decidido, entretanto, é chegada a hora de dizer adeus e ainda não me resolvi o bastante. Minhas ruminações apenas bastam para mantê-la longe do descanso, impedem-na de se libertar dos sofrimentos todos. Espero poder decidir em breve, liberando-a dessas lembranças tortuosas. Preciso mesmo me repensar. Diante disso, contentem-se com a angústia, a minha, a dela e a vossa, pois os Senhores estareis a pensar, decerto."

"Bem… muito obrigado pelas palavras, Moacir, que te reconforte a alma a palavra, e que Deus esteja contigo nessa jornada."

"…"

"Rezemos agora um Pai Nosso."

"..."

"Pai Nosso que estais nos Céus,"

"..."

"santificado seja o vosso Nome,"

"..."

"venha a nós o vosso Reino,"

"..."

"seja feita a vossa vontade"

"..."

"assim na terra como no Céu."

"..."

"O pão nosso de cada dia nos dai hoje,"

"..."

"perdoai-nos as nossas ofensas,"

"assim como nós perdoamos a quem nos tem ofendido,"

"..."

"e não nos deixeis cair em tentação,"

"..."

"mas livrai-nos do Mal."

"..."

"Amém."

-----------||||||||||||||||||||||||||||||||||------------

Após o Pai Nosso, os ritos procederam, o corpo foi devidamente enterrado. Com o término dos términos, os últimos dos restantes ensaiavam ir embora. Despedi-me deles um a um: Martinha, Ma-hef, Farias e a ex-desconhecida. Esta última tomou minha mão com fulgor e me conduziu até

o banco mais próximo. Sentados, ela levantou os olhos, olhando-me fixamente. "Eu conheci sua mãe."
"..."
"Ela era uma pessoa muito agradável."
"Sim."
"Exalava um frescor de juventude, sempre."
"Verdade. Como foi a última vez que você a viu?"
"Como qualquer outro encontro da vida, inusitado."
"E quando foi isso?"
"Há poucos dias, quando ela morreu."
"..."
"..."
"E por que você me trouxe até aqui?"
"A dialética é mais importante que as razões."
"..."
"..."
Tentei perguntar mais alguma coisa, porém, quando percebi, já era tarde. Ela havia sumido e eu me encontrava sozinho naquele banco.

Findados os ritos fúnebres, a vida rastejava. Passava dias sozinhos bebendo o uísque de sempre, não queria pensar em demasia; apenas pensava nos dias em que Farias me visitava e trazia um almoço da caridade. A presença dele me reanimava, a alma e o corpo, visto que quase não comia. As palavras dele me elucidaram, meu corpo era campo de uma guerra santa, apenas um padre poderia me ajudar a solucioná-la.

Ele não reprovava meus hábitos, não se exauria me dizendo para não beber ou fumar, preocupava-se, de verdade, comigo; não que aprovasse o que fazia, mas entendia o processo pelo qual passava. Um dia, que seja, perguntar-lhe-ia de onde provinha tamanha compaixão, se ele tinha vocação à caridade. Quando me visitava, conversávamos por horas, questionava-o diversas vezes, perguntava-lhe sobre a natureza humana e as razões que suportariam a veracidade das últimas palavras da minha mãe. Via que minha saída era a aceitação delas, porém, este processo era deveras tortuoso para ser realizado com ímpeto.

As horas passavam, cheias de falas e silêncios – nada de música. A fumaça não o incomodava, logo, perpetuava-se pela casa. Os temas, sempre os mesmos, pautavam a monotonia. Sobre o pai, a mãe, o filho, a cinta, a garrafa, a música, o bem, o mal, a morte e a vida.

Sessão de análise. Lembrava-me isto. Lembrava-me do que havia lido sobre o assunto, mesmo estando muito longe da prática. Não que me sentisse analisado, mas na conversa a consciência vinha em disparate, como um trem que percorre nossos ouvidos. Ao passo que também era como uma aula. Lembrava-me algo do que diziam de faculdade – nada de tempo de escola –, esclarecimento, conhecimento, que seja, teoria pura, especulativa, mas com o fim de amenizar minha consciência.

Padres, como esperado, são ótimos ouvintes, ótimos oradores – padre Farias, ao menos, era. Dissertou sobre as teologias de Santo Agostinho e São Tomás de Aquino, porém, o que mais me cativou foi uma breve menção à Espinosa e seu Deus-natureza. Não era no que ele acreditava, contudo, explicou-me com todo esmero. Conferi a meu ateísmo um traje divino. Talvez o Deus ao qual o padre Farias tanto se refere esteja no meio de nós.

XXII

O pai um músico fidedigno
Importa-lhe erma solenidade
Compor jazz faz jus à vernaculidade

Sagrada digníssima sujeição
Oposta grandíssima repressão
Vida fundamentada ao persigno

Resignações com a Integridade
Excelentemente delineadas
O filho as queria sempre cerceadas
Traía a alma em nome da hombridade

Admonições são sempre avisadas
Consciência aflita sem sanidade
Tarda mas chega a infelicidade
Complexas presenças desavisadas

...

Ó, padre Farias
Não gostes
Nem finjas
Não penses
Que não persisti

Ó, padre Farias
Não proves
Nem sirvas
Não penses
Que não resisti

Ó, padre Farias
Não chores
Nem rias
Não penses
Que não existi

A chama que desce
A chama que sobe
O sonho de não repetir

XXIII

Padre Farias fazendo discursos em casa animou minha pífia existência. Nossas conversas terminavam e eu me sentia cada vez melhor. Suas visitas, contudo, foram diminuindo, devido ao aumento de suas obrigações na paróquia. Ele aceitava tudo e mais um pouco, e eu sentia que deveria voltar a ser o que era. Afinal de contas, estava tão perto quando tudo parou.

Portanto, dirigi-me ao conservatório determinado a recuperar minha posição de solista, disposto a tocar em outros festivais, e pronto para trazer prestígio para o nome Moacir. O passado dos meus pais era trágico, não deveria, porém, interferir em minha vida.

Lograria, então, encontrar novos rumos para meu viver. Claro, caso fosse de retomar os trilhos nos moldes antigos. Fui-me, portanto, ao conservatório – como disse anteriormente – acertar aquilo que nunca deveria ter sido descarrilhado.

Lá, tudo estava como estivera, nada havia mudado, até as pessoas eram as mesmas. Contudo, eu não estava mais inserido naquele meio. Ninguém ali me reconhecia, todos fingiam não me enxergar, ali não existia. Gozado pensar no fantasma do Moacir, ó céus!

A vida que me amassara estava lá para me pisotear novamente, mais um golpe no meu ego – tragédia o nome. Os olhares passeavam e desviavam ao me ver, um hesitar maldito.

Caminhei rumo à secretaria. O objetivo estava posto e não mais poderia evitá-lo. Os passos desaceleraram, uma tentativa de retardar o fatídico encontro. Contudo, de nada adiantou; estava frente a frente com a secretária – Ária?

"Olá, Senhor!"

"..."

"Senhor?"

Tentava me recordar do nome dela, para poder abordá-la diretamente.

"..."

"Senhor?"

Não me vinha à cabeça o maldito nome, fazia tanto tempo.

"..."

"Senhor? Quer alguma coisa?"

Como procederia? Não lembrava o bendito nome e estava, agora, em uma situação sem saída.

"Diga, Senhor."

"..."

"Senhor?"

"se... cre... tá... ria..."

"Senhor?"

"se... cre... tÁ... RIA..."

"Sim, sou a Ária, como posso ajudar?"

Isso, Ária era seu nome, sabia que o havia escutado antes. Poderia, agora, finalmente, proceder com os questionamentos.

"Ária, lembra-se de mim?"

"Senhor? Não lembro, Senhor. Quem é você?"

Como podia ser? Não fora tanto tempo assim. Seria a memória daquela mulher tão ruim?

"Sou Moacir..."

"Moacir? Não me lembro do senhor. Faz tempo que esteve por aqui da última vez?"

"Imagino que estive fora por alguns meses."

"Como lembraria então, Senhor?"

Lembraria ela apenas daquele maldito nome? Não queria ter que dizê-lo com meus próprios lábios, porém não via outra alternativa.

"Moacir Martins, não lembra mesmo?"

"Senhor Moacir Martins… Moacir… Martins…"

"…"

"Martins… Martins… Moacir… Martins…"

"Lembra-se?"

"Por acaso você é parente do Agenor Martins? Ele foi um dos maiores que passou por aqui."

Seria esse meu inferno? Além de ser esquecido, fui completamente apagado. Meu pai, ali muito mais antigo, permanecia vivo na memória do conservatório, apesar de estar sumido há anos. Eu, por outro lado, estive fora apenas por alguns meses, o suficiente para desaparecer sem deixar rastro algum. Era um fantasma.

"…Sou o Moacir Martins, tocava saxofone aqui alguns meses atrás, cheguei até a ser solista. Devido a motivos ímpares tive de me ausentar por alguns meses, por isso não apareço há algum tempo. Agora que as coisas já foram resolvidas, gostaria de voltar a tocar, seria possível?"

"Senhor… Martins, sinto lhe informar, mas imagino que não será possível."

"Imagina?"

"Não posso lhe garantir, porém, sei que possuímos número mais que suficiente de saxofonistas, muitos deles solistas incríveis."

"Como poderei saber com certeza?"

"Terá de falar com o Dr. Roberto, ele saiu para o almoço não muito tempo atrás, gostaria de esperar por ele aqui ou voltar mais tarde?"

"Esperarei por ele aqui mesmo."

"Fique à vontade, Senhor... Martins."

Quem seria mesmo esse tal de Doutor Roberto? Sinto que não o vira durante minha passagem como solista. Talvez fosse alguém novo. Um novo diretor? O que acontecera com o outro, então? É possível que apenas não me recorde dele. Ou que apenas nunca o tivesse visto. Diretores são tão ocupados, não? Era ele um diretor? Deve ser, deve ser... Ele era quem sabia sobre os saxofonistas. Diretor dos saxofonistas, então? Talvez, talvez...

Esperá-lo-ia, tinha de, queria saber meus procederes. Ele era o homem capaz de me responder. Tinha de vê-lo, falar-me-ia que voltaria a ser o solista, certo? Deveria me falar que sim. Ele lembraria de mim, não de meu pai. Falaria bem alto: "Moacir, quanto tempo! Sentimos muito a sua falta. Você deve voltar a tocar imediatamente!" Depois, me abraçaria , iríamos tomar um cafezinho e no mesmo dia voltaria a tocar.

Doutor Roberto, deveria ser um homem bacana, cheio de sensatez e cultura, por isso, me reconheceria rapidamente. Não saberia quem era Agenor Martins, apenas Moacir. Penso que deveria começar a me chamar de outra forma, Moacir... necessito pensar em sobrenomes. Martins não é mais possível, não consigo utilizá-lo sem ser lembrado de Agenor.

"Senhor Martins, Dr. Roberto te aguarda."

"Obrigado... Ária, onde fica a sala do Dr.?"

"Vire à direita aqui em frente, depois siga reto, é a segunda porta."

Direita. Direita. Uma vez só, depois, seguir reto. Corredor frio – maldita estação –, passava eu entre as múltiplas portas com suas potencialidades caóticas, senão o simples nada; o que impediria de haver um não-algo à porta? Não ousaria abrir portão qualquer que não aquele uma vez indicado.

Quase me esqueci de virar à direita, a distração do corredor e das potências é muito sedutora, afinal. Porém, Doutor Roberto me esperava ansiosamente, ao menos deveria, sei muito bem.

"Posso entrar?"

"Pode, senhor…"

"Moacir."

"Certo, Moacir, sente-se, por favor."

"…"

"O que gostaria de discutir comigo?"

"Gostaria de voltar a ser um saxofonista aqui."

"Voltar? Pode me explicar melhor? Não me lembro do seu nome."

"…"

"Senhor?"

"…"

"Poderia me explicar melhor, senhor?"

"Ah, sim, eu tocava aqui até alguns meses atrás, cheguei até a ser solista…"

"Não sei nada sobre meses atrás, só sei que o atual solista se chama Durango, não Moacir."

"Certo, mas poderia voltar como saxofonista? Não exijo ser solista."

"Não há como, Senhor. Possuímos mais saxofonistas do que o necessário, no momento."

"Não pode me dar uma chance, ao menos?"

"Não será possível, Senhor. Bem que gostaria, porém, já possuímos mais músicos do que vagas."

"..."

toc toc

"Quem seria?"

"É o Durango, Dr. Roberto."

"Entre, entre. Senhor, se puder se retirar, preciso falar com o Sr. Durango agora."

"Não pode abrir uma exceção para mim, Dr. Roberto?"

"Como disse, não será possível, no momento, tente voltar no futuro, caso queira. Passar bem."

"Olá, Dr., como vai? Soube que teremos uma apresentação semana que vem. Quem serão os músicos?"

"Fique tranquilo, meu querido Durango, você será o solista. Não há com o que se preocupar."

"E quem seria este, Dr.?"

"Um Senhor que queria uma vaga como saxofonista. Já o informei que não possuímos vagas, já deveria ter se retirado. Senhor! PASSAR BEM!"

"..."

Não é possível, não posso crer, que situação humilhante! Deve haver algum engano, uma conspiração, devem estar tramando contra mim, isso é simplesmente absurdo! Como poderia simplesmente fazer caso nenhum de minha demanda?! Durango, como poderia me esquecer desse sujeito?! Ah, isso é tão absurdo! Só posso dizer que me substituir já é uma afronta, mas manter-se como favorito do Doutor Roberto?! Sempre soube que ele estava tramando algo contra mim, nunca foi boa pessoa, não posso suportar essa injustiça, não posso suportar um estranho tentando desmantelar minha vida. Seria ele uma cópia? Estaria tentando me substituir? Creio que não somente quer arruinar minha vida, mas também ocupar todo o espaço que era meu anteriormente. Esse Durango é um mal caráter, um facínora, um inimigo público número um. Mas o que me resta além de esbravejar e denunciar a humilhação? Fumar, fumar, tem solução melhor que essa para a vida?

Saí. Fui até a frente do conservatório, passando por Ária, sem despedidas; apenas a fim de desperdiçar o maço em meu bolso. Ao sair pelo portão principal, trombei com um alto homem de pele moura. A fumaça escapava da minha boca, quando tombei em sua direção, devagar, o cigarro caiu no chão, minha boca se abriu, exclamando. O homem me reconheceu. Eu o reconheci, também. Era Ma-hef, não o via desde o funeral da minha mãe.

"Moacir! Quanto tempo!"

"..."

"Moacir?"

"..."

"Você tá me ouvindo?"

"Oi... Oi, desculpa, muitos pensamentos, muita fumaça, você sabe..."

"Claro, eu te conheço, não me preocupei tanto assim."

"Sim, sim."

"Não te vejo desde o funeral, espero que já esteja melhor, eu sei como é isso."

Duvido que soubesse, de fato. Sei que Ma-hef nunca teve uma relação próxima com os pais, e, até onde sabia, ambos estavam plenamente vivos. A solidão parece uma maldição que, inevitavelmente, recai sobre mim.

"...Algo está melhor. Mas não neste momento."

" Agora? Aliás, que fazes aí de frente para o conservatório? Estavas me aguardando?"

"..."

Já imaginava que uma hora ou outra ele desanimaria com minhas respostas desanimadoras, como de costume.

"Não quer falar sobre?"

"Ma-hef…"

"Eu só gostaria de saber se algo sério ocorreu."

"Ma-hef…"

"Não quer dizer nada?"

"…"

"Entendo, parceiro… Pelo menos vi que fez um amigo."

"…?"

"O padre do funeral; se bem me lembro, havias dito que era teu amigo, estavam conversando à beça."

"Ó, padre Farias, sim, uma grata surpresa em minha vida; o algo de melhor que havia mencionado."

"Sim, sim, claramente. Deves ter feito uma amiga também, não?"

"Amiga?"

"Sim, uma moça presente no velório, não me pareceu ninguém que fosse amiga da sua mãe."

"Não a conheço, na verdade, conversaste com ela?"

"Que estranho, certamente tinha por volta da nossa idade, não a conheceu bêbado em suas andanças?"

"Não tenho memórias, não acredito que seja isso."

"É que nas poucas palavras que troquei com ela, havia me dito que era conhecida sua e veio prestar condolências."

Que doidices havia Ma-hef inventado? Cada absurdo que tenho que ouvir! Embora tenha me engajado com o discurso misterioso de tal moça. Haveria, de fato, a possibilidade por parte dele de se estar contando verdades, mas como confirmaria? Saltaria à fé, na realidade; a presença de tal moça era tão cheia de possibilidades que a margem de erro seria infinita e nula. Confiei em Ma-hef.

"Gozado seria eu dizer que ela me disse o oposto? Que era amiga da minha mãe, que a conhecera há muito já. Seria curioso, não?"

"...?"

"Esqueça disso, a vida não só é feita de estranhos diálogos e geometrias indecifráveis."

"É... mas o que fazes agora? Digo, de rotina."

"O mesmo que antes, inclusive, preciso ir embora, agora. Boa tarde."

"Acalma-se, eu nem entendi o que você disse."

"Não se preocupe, passar bem."

XXIV

Notas dificílimas
Arranjos destacadíssimos
Instrumentos afinadíssimos

Noite fria de jazz
Dia quente de dor
Horas esquecidas
Como um sofredor

Legados que atrasam
Heranças malquistas
Vidas bem gastas
Ingratas, professam,
Memórias.

...

Ver-te-ei
          De súbito
                    Rápido
                              E fatalmente
          Ó
                                                  Que tragédia
Fosses amiga
                    Da
Mãe   Do
          Pai   Do
                    Filho
                                                            Do
Amigo?
                              Conhecer-te-ia
                              Porém
                              Não
                                        Houve
                              De ser

Foi
Incógnito

                              Conhecer-te-ei

XXV

O retorno foi dificílimo. Acabara-se o Jazz. Não queria ouvir, ver, sentir. Na rua, tapava os ouvidos ao pressentir acordes. Acorde, acorde – o que era dito aos quatro ventos. Mas não queria saber destes, apenas do que não estava, do que não era e nem queria ser – de tudo que não era música, ou conservatório ou jazz; ou melhor, de tudo isso de antes, da vida que deixara de ser. Cinco horas. Quatro horas. Diziam, acorde, certo? Teria de acordar, decerto, em dado momento. Mas as horas foram sumindo até deixarem de existir. A pena que permeava o corpo da galinha era a mesma que recaia sobre o travesseiro. A pena que permeava a vida do mendigo era a mesma que recaia sobre minha alma. Queria ser mendigo, galinha, gato, de rua e da rua.

Já era o tempo do não, este que existe sempre à espreita do sim. Era já. Tempo já do não-ser, efetivamente. Ou da coisa que me recaía na alma às escondidas. Viria, então, a tomar a atitude que deveria ser o cume da crise para, assim, o começo do novo . Precisaria desafogar o fogo do mármore da recusa. Desapegar-me-ia. Iria atrás de algo novo, depois.

-----------||||||||||||||||||||||||||||||||||------------

Encontrei-me em algumas horas – não tenho certeza, não possuo mais noção temporal – na casa da Martinha, querida amiga da minha mãe. Pensei ser ela a única capaz de me responder, de elucidar alguma coisa. Recordo-me que, nos últimos momentos da minha mãe, ela havia falado sobre a amiga.

"Moacir, querido, como vai?"

"Olá, Martinha, quanto tempo mesmo."

"Sinto muito, filho."

"…"

"Entre, entre, por favor! Sinta-se em casa, acomode-se."

"Obrigado."

"Como tem passado?"

"…"

"Imagino que seja difícil mesmo, foi tão de repente! Não tinha como esperar."

"…"

"Vou fazer um café, quer? pode esperar sentado aí no sofá."

Como poderia questioná-la? Soaria muito rude, não? Perguntar tantas coisas, tudo o que queria. Seriam aquelas imagens verdadeiras?! Meu pai… antes tão querido, não passaria de um canalha? Pior ainda, talvez… Só ela sabia, eu tinha que descobrir!

"Toma um pouco, querido. Sei que você gosta."

"…obrigado."

"Você parece estar com muita coisa na cabeça. Quer me dizer alguma coisa?"

"…"

"Não me olhe com essa cara, já me bastava sua mãe."

"…"

"Diga, diga, querido, diga!"

"…"

"Certo… acho que entendo. Ela disse algo, não?"

"…"

"Ela te falou sobre os… *problemas* com Agenor, não?"

"…"

"Esse silêncio, viu! Você lembra muito ela mesmo. Nos piores momentos, falei que ajudaria ela a fugir. Ao ouvir, ela só me olhou. Igual você está fazendo agora. Esses olhos falam tanto!"

"São parecidos assim com os da minha mãe? Pensei que tudo em mim fosse do Agenor."

"Você nunca se pareceria com ele, meu doce. Você lembra muito mais sua mãe, tem a cara igual a dela."

"…"

"Ela te disse, tenho certeza. Você quer saber mais, não?"

"Sim."

"Eu posso te contar, meu bem. Te conto tudo, se você quiser, desde o dia em que a conheci."

"Por favor."

"Certo, por onde começo?! Já faz tanto tempo! Toda minha vida, vivi aqui. Quando criança, estava nesta casa. Quando me casei, continuei aqui. Quanto ao João, meu filho, você sabe, fiquei por aqui, apesar do espaço pequeno e apertado. Então ele mudou e logo depois meu marido morreu, e eu continuei aqui. Sempre, sempre quem me acompanhou foi sua mãe. Dona Zica se mudou para cá quando se casou, faz anos já. Você demorou pra nascer. Eu nem era casada ainda quando ela chegou. Não tinha nem conhecido meu marido. Faz tanto tempo! Quanta coisa já mudou…!"

"…"

Não podia emitir mais que um olhar afirmativo.

"…Mas como ia dizendo, acho que a rua era meio vazia antes da sua mãe, não sei explicar. Sabe aquela sensação de que as coisas não mudam? Ou que não tem ninguém para te animar? Então, era assim a rua sem ela. Quando ela chegou, logo nos tornamos amigas, eu chamei ela para tomar um café aqui em casa e isso virou rotina, todo sábado ela vinha. Mas não vai pensando que eu também não ia lá, você deve se lembrar, né? Acho que depois que ela mobiliou a casa eu passei a ir lá com mais frequência e aí virou quase que uma segunda casa, né? E aqui era uma segunda casa pra ela. Viu? Sempre que precisar pode vir aqui, tá? Você é muito bem-vindo, querido!"

"Obrigado… Martinha…"

"Ah, filho, nem precisa agradecer, você é da família! Mas como eu tava falando, desde que sua mãe chegou, nos grudamos, você deve se lembrar. Então, ela me contava tudo, né? E eu contava pra ela, e aí que eu comecei a achar as coisas estranhas. Ela me contou sobre como conheceu o marido. A história é até que bonitinha… Ela tava cantando num bar, só que era chique, né? Não era samba, eram mais essas músicas que você toca aí. E aí o seu pai tava na plateia e, não sei, se apaixonou pela sua mãe, deve ter sido. Ele foi falar com ela depois do show. Foi até educado, pagou uma bebida e passou o endereço dele. No dia seguinte sua mãe estava na frente da casa dele. Daí em diante já tava tudo dado, saíram mais algumas vezes e, em questão de meses, o Agenor pediu ela em casamento. Ela aceitou, é claro, foi a maior festa, seu pai tinha dinheiro, contratou até músico. Aí chegaram aqui na rua depois, né?"

"…"

Incomodava-me um tanto ela não falar do que importava. Talvez isso fosse tudo o que ela tinha para contar.

"Ó, desculpa, querido, acho que perdi um pouco o foco, né? Mas já vou te contar tudo sobre seu pai. Sabe como é, né? Sou meio enrolada mesmo. Enfim, sua mãe me falava de tudo… Tudo mesmo, viu?! E aí eu comecei a suspeitar. Assim, é normal se casar rápido assim. Inclusive, filho, já tá na hora de achar uma noiva pra você, né? Construir uma vida, sei que sua mãe queria isso. Mas teve uma noite que eu tava ouvindo aquelas radionovelas, sabe? Antigas. E escutei alguns gritos, parecia coisa séria, e é meio que aquela coisa: "em briga de marido e mulher, não se mete a colher". Só no dia seguinte que eu fui falar com sua mãe, ela estava acabada. Pelo que eu entendi, aquela tinha sido a primeira vez, na hora, nem acreditei. Mas aí meio que se tornou rotina. Chegava umas épocas que todo dia sua mãe me aparecia com um roxo diferente! Eu nem sabia o que fazer, ela ficava toda quieta e eu deixava ela chorar no meu ombro. Falava umas coisas, tentava consolar ela, mas o que ela precisava era fugir mesmo!"

"Que horror…"

"Nem me diga! Me dá arrepio só de lembrar! Sua mãe era um anjo, querido. Ela nunca mereceu nada disso! Quando meu marido morreu, os papéis se inverteram, mesmo apanhando, foi ela quem me acolheu. Talvez tenha sido até bom para ela, tinha uma desculpa para ficar fora de casa, já que o João mal tinha um ano e eu não dava conta sozinha. É por isso que eu digo, sua mãe foi um anjo! Com o João crescendo, as coisas foram ficando mais tranquilas pra mim, mas não pra sua mãe. Tinha dia que ela não queria sair da cama e eu ia lá ficar com ela, né? Ajudava com a casa, com os roxos, os raladinhos. Mas era sempre complicado. Até que eu sugeri que ela fosse embora, cheguei a ligar para uma amiga de outro bairro para ver quanto tempo ela poderia ficar com sua mãe na casa dela. Mas é aquela coisa, sua mãe não respondia, ficava apática, coitada. Depois só chorava. Nos dias que tava melhor, até que conseguíamos conversar, mas ela evitava falar sobre o que acontecia com seu pai. Ai, querido, que tristeza! Quem me dera pudesse ter feito alguma coisa diferente... Um dia, meu filho, que horror! Agenor tinha chegado mais cedo e a casa não estava tão limpa, né? E ele bateu na sua mãe na minha frente, eu comecei a gritar, xingar ele de tudo quanto é nome. Acho que ele ia vim pra cima de mim, mas eu saí correndo, desesperada, chorando. Nem consegui dormir nesse dia. Coitado do João, devia ter uns 3 anos na época e percebeu que eu estava cabisbaixa e perguntou: 'mamãe, você tá bem?' e eu desabei nele, coitado."

"..."

Como lidar? Fico imaginando essa cena, me sensibilizo muito. Enche-me de culpa por alguma razão.

"O pior foi o dia que você foi concebido... Me enchem os olhos de lágrimas só de falar."

"..."

Calafrios pela sala.

"Depois de muito tempo sua mãe me contou como foi. O que eu tinha visto no dia foi só a cara dela, e só de olhar já dava pra saber o que tinha acontecido. Eu conheci várias moças que passaram por isso..."

"..."

Eu estava congelando.

"Eu sei que isso é uma coisa sem igual. Mas sua mãe me contou anos depois que Agenor tinha bebido mais do que de costume. Tava nojento. Tinha feito xixi em uma das plantas da casa. Aí ele começou a passar a mão nela, agarrou ela, ficou agressivo e jogou ela no chão... Sua mãe, ela tentou sair de todo jeito, mas só conseguiu quando Moacir já tinha feito o que queria… Ai, querido, eu sinto muito, não consigo nem te contar essas coisas direito."

"…"

Martinha já não conseguia se conter, nem eu conseguia.

"Depois que você nasceu, parecia que as coisas iam um pouco melhores. Parecia que seu pai tinha tomado um pouco de juízo, né. E realmente, até ele sumir de vez, as coisas foram um pouco melhores do que antes. Mas sua mãe ainda voltava para minha casa pra pedir socorro de vez em quando. Eu deixava o João brincando com você. Nem só de coisas ruins a vida é feita, não é mesmo?"

"…"

Um prenúncio de calmaria?

"Enfim, seu pai foi ficando cada vez mais ausente, aparecia a cada dois dias, depois, semana sim, semana não, depois de a cada mês, até que sumiu de vez. Deve ter morrido, procuramos todos os conhecidos, ninguém tinha notícia, nem pra tocar ele aparecia mais. Então, foi feito um enterro, né. Aberto, é claro, apareceu gente que não era nem do Rio".

"…"

Mais um enterro.

"No fundo, a gente comemorou, mas Deus não gosta não… É isso, querido, sua mãe nunca teve coragem de te falar essas coisas, porque ela te amava muito, ela fez o que pôde para te proteger."

"M… Mar… Martinha, eu não sabia…"

"Tá tudo bem, meu filho, eu sei que você amava ela. Bebe esse cafezinho aqui, acabei de fazer."

Era tudo verdade, todos aqueles pressentimentos se confirmaram. Agenor, nome maldito! Martins, nome amaldiçoado! Deveria, de fato, trocar, mudar de nome! Precisava, com certeza absoluta, renascer. Nada do que fazia até então estava livre disso. Nem o nome, os objetos, os hábitos! Tudo estava infectado! Eu era *per se* infectado por nascença.

"..."

toc...toc *toc... ...toc*

"Oi, mãe, é o João!"

"Entra filho. O Moacir está aqui, lembra dele? Vem aqui e conversa um pouco com ele. Vocês brincavam tanto quando pequenos."

"Lembro sim, mãe. Oi, Moacir!"

"Olá, quanto tempo!"

"Fiz bastante café, bebe enquanto conversa com seu amigo, filho."

"Pode ficar tranquila, mãe."

"Certo... vou deixar vocês à vontade então, devem ter bastante pra falar. Preciso ir no mercado, vou indo e deixo vocês dois aqui, tá bom?"

"Não quer que eu vá para você, mãe?"

"Não, não, filho. Pode ficar tranquilo aqui. Eu sei me virar. Faça um pouco de companhia pro Moacir, não está sendo nada fácil pra ele."

"Pode deixar."

"Vou indo, então, se cuidem!"

"..."

Fazia muito tempo desde que o vira pela última vez. Não havia como conversar. Os assuntos findaram-se há decênios. No momento, então, com cabeça repleta de blasfêmias... O máximo que eu poderia fazer era gritar, xingar, chorar. Gostaria de voltar para casa e quebrar tudo! Pegaria uma marreta e golpearia todos os objetos que me lembrassem da cara do meu pai. Derrubaria todas as paredes, se necessário.

"Moacir! Quanto tempo, como vai? Eu sinto muito, por tudo que vem passando."

"Quanto tempo mesmo…"

"Minha mãe me contou sobre a Dona Zica, uma pena mesmo."

"É…"

"Ela era uma mulher muito doce, tenho boas memórias…"

"tempo…"

"Sim, faz bastante tempo mesmo."

"tempo…"

"Éramos tão pequenos quando nos vimos pela primeira vez."

"sim…"

"Brincávamos tanto, passamos dias inteiros juntos."

"tempo…"

"Era um bom tempo aquele, sem tantas coisas. Hoje quase não paro em casa."

"…"

"Imagino que deve estar sendo difícil para você, foi tão de repente."

"É…"

"Como anda sua cabeça? Está bem? Pode contar comigo!"

"tempo…"

"Sim, é bom dar um tempo mesmo."

"…"

"Sabe, Moacir, nesses tempos difíceis as coisas saem um pouco do controle, né?"

"…"

"Eu já tive meus momentos assim… Todo mundo já

teve alguma perda e o que ficou para mim foi muito pouco, quase nada. Minha mãe não pôde estar comigo o tempo todo, então quem sempre esteve ao meu lado foi o violão…"

"…"

Dei uma leve fungada pelo nariz, um riso contido, decerto. Acho que não pude crer nele.

"Sei que você vai dizer que não temos nada em comum e que as semelhanças são superficiais, mas olha bem, estamos juntos nessa. Nem que pela música… Sei que ama música! Você podia dar uma chance."

Enraivecido que estava, sentia-me sendo quebrado, desconstruído, desarmado. Mas queria mais, queria saber, queria eu mesmo me quebrar também. Até que escuto a primeira nota do violão de João e me lembro dela… Escuto a segunda, e lembro ainda mais. Os fluidos corriam. Desestabilizado, estava a ponto de ceder. Na terceira nota, vem-me a certeza.

"João…"

Mares e Mares.

"Está tudo bem, Moacir, isso é a música."

"…"

Eu sabia que música era. Eu sabia. E odiava, odiava, até que… até que deixei de odiar. Até que já não era mais eu mesmo, já era outro. Maldito eu. Acho que já poderia ser outro. Mãe! O samba que a senhora cantava era lindo! Mãe… Eu não pude lhe dizer, mas eu te amo. Maldito eu. As notas eram como flechas, que miradas eram nos ouvidos, mas o coração é que acertavam. Ó, pai, que tragédia que és o senhor, que traste que és… Uma pena que sou como tu. Permitir-me-ei o outro, para ver se me curo dos males que me assolam!

"Acabo-me de lembrar de um dito que ouvi, Moacir."

"Diga… Amigo."

"Tristeza não tem fim, felicidade sim."

"…"

"Eu concordo, mas não quer dizer que a vida seja triste, ou coisa e tal. Diria só que devemos saber ser tristes, saber chorar, sabe? Afinal, o que é um samba sem um pouco de tristeza? Acho que quando a gente encontra essa paz melancólica, é Deus que está se expressando."

Padre Farias. Fazia sentido a ideia. Ele me trouxe Deus, era o que eu precisava. João, trouxe-me de volta. Nada consigo ouvir sem desabar. Quero jogar tudo aos ares, desfazer-me. Arrancar toda a pele para colocar algo novo no lugar. Quem sabe assim pudesse me redimir. Os acordes se entrelaçavam com a voz doce de João. E minha mãe de repente aparecia, beijava-me a testa e me punha a dormir. Não adormecia, no entanto. Prossegui observando o belo moço, que me hipnotizava com seu canto desafinado e acordes dissonantes. A voz calma e mansa. Resolvi deitar… em seu colo.

"João…?"

"Sim, Moacir."

"Sabe quando o Drummond fala do sentimento do mundo?"

"Só tenho duas mãos e o sentimento do mundo?"

"Isso."

"O que tem?"

"…"

"…"

"É isso…"

XXVI

Em horas gélidas estavam
Congelavam as quentes mãos
Familiares contestavam
Pai, Mãe. Não, nada de irmãos
Brigas, gritos, berros, nãos
Perdido no mundo estava
Via a vida, tão só fitava
Agia como os pagãos

Eles apenas devotavam
Esqueciam-se de mim, mãos
lavadas, nunca se sujavam
derrapantes eram os chãos
Quentíssimos sempre verãos
Fugir nunca eu não buscava
Queria sair e voltava-
me nunca como ermitãos

Queriam somente xingar-
me, grandíssimo dos vilãos
Sempre mal, nunca bem me viam
Gostaria que fossem sãos
Assim não veria as mãos
Mas a vida só ocultava

Sem exceção, longe estava
Queria estar em boas mãos

Os fins se aproximavam
Nada em mim melhorava
Como Faria? Pediam.
Solenemente, torava.

...

A alma é divina e a obra é imperfeita
A obra é falsa e a alma também
Nas Verdades acreditava, não deveria
As Verdades não estão longe da falsidade
A Morte é Bela e a Vida é Feia
Sabe-se que as tragédias são felizes
E que as comédias fazem chorar
A Vida, horrenda, mata
Da Morte se nasce
Veja as flores, decoram os túmulos
Caixões vazios não se devem
Deles não surge Vida
Tudo há de findar-se
Hasta recomeçar-se

...

Eu Tu
Você Vós
Nós dois Três
Já temos um passado
Meu amor   Minha flor
Um violão guardado
Aquela flor   Aquele amor
E outras mumunhas mais

SAUDOSISMO

XXVII

Calmo, sereno, salgada era a maresia que pairava sobre os ares. A mente se encontrava mais pacata. Transtornada, claramente, porém, à menor intensidade. O passado, diabólico, era já sabido. Não restavam dúvidas. Tudo precisava, tinha de se modificar. Modificar-se-ia, portanto. João mostrar-se-ia um ótimo amigo. Farias era, por essência, um confidente. Ma-hef era um amigo. Os outros, poucos, ainda existiam e não deveriam ser odiados. Os partidos eram parte amados, parte odiados. Mãe querida, fonte da inspiração e do arrependimento. Pai odiado, origem da vergonha e do orgulho.

Os dias eram lentos. Tornavam-se rápidos a depender das companhias. Farias era sempre bem-vindo, porém, encontrava-se cada vez mais ocupado. Ma-hef aparecia de vez em quando, contudo, era demasiado infectado pela boêmia, o que me trazia lembranças malquistas, por isso o evitava. João estava sempre ocupado, mas visitava a mãe com grande frequência. Desde aquele dia, parte de sua rotina de visitas se dava em meus aposentos. Tornou-se, portanto, cada vez mais íntimo.

Ele me renovou por completo. Trouxe à casa novos instrumentos e novas formas de ver os antigos. Auxiliou-me no processo de renovação, penhorou comigo diversos velhos bens; alguns, cujo valor maior era a destruição, foram levados, à marretadas, à uma nova forma de existência. Assim fora o dia que quebramos os retratos de Agenor.

Estávamos procurando itens a penhorar, afinal, precisa-se de algum dinheiro nessa vida. Quase todos os LP's já se tinham ido, restavam alguns que havia ganhado do próprio João. Acumulavam-se, na sala, alguns instrumentos, parte poderia ser vendida por uma boa quantia. Restavam também algumas caixas intocadas há décadas, coisas da mãe, ou, talvez, de Agenor – não ousei a identificação.

Deixei de procurar por coisas específicas, apenas passava a vista pelos depósitos. João, por sua vez, escolheu uma das caixas amaldiçoadas. Eu já havia cansado, ansiava pelo fim das buscas. Surgiu-me, entretanto, algo de extraordinário. João segurava um retrato de, ao menos, 20 anos, com Agenor jovem. Encontramos mais: mais duas fotografias dele.

Meu olhar indicou algo que não saberia colocar em palavras. Não posso dizer se era raiva ou ódio, tanto faz; mas o fogo já ardia. Ele entendeu e me deu os retratos à espera de minha ação. O fiz.

Do tempo que havia passado, nem me lembrava mais do quanto poderia ter certeza. Contudo, estava muito melhor que antes; digo, os espíritos se exaurirem foi um passo necessário para evitar o colapso. Todos dizem que querem colapsar, morrer, acabar, quem não o quer? Eu queria! Mas era ingenuidade minha, nada é melhor do que viver sem fantasmas, sem espectros atormentadores. Livrei-me deles, ao menos, em parte.

Os eventos já correspondiam aos seus respectivos dias, domingos e sextas. Sem boemia. Desintoxicar-me-ia, era o que dizia. Nada melhor do que uma grande reunião para tanto. Um certo bilhete que havia recebido debaixo de minha porta, que se escondera entre as meias verdades e as verdades, estava sempre à espreita, com seu aviso alvissareiro. Estava lá, afinal, para ser lido.

Ó, que boa notícia que se anunciava à minha mente. Por fim encontraria Farias, estaria na mesma paróquia de Madureira que fui algumas vezes. Era um grande evento, a pequena festa, a quermesse local. Quase quarenta minutos de casa se tomasse um táxi, uma hora e três quartos se fosse de bonde.

Não poderia ir desacompanhado, ou melhor, todos deveriam presenciar tal maravilha! Primeira quermesse da paróquia. Que evento! Pus-me a marchar, primeiro, dentro de casa, depois, fora dela. Deveria encontrar João.

Bati à porta e, com nenhuma surpresa...

"Oi, Moacir, tudo bem? O que veio fazer aqui a essa hora?"

Que horas eram?

"Martinha, oi, o João está?"

"Na verdade, ele ainda está dormindo, tão cedo também."

"..."

"Quer que eu fale algo para ele?"

"..."

"..."

"Ah, vou ficar com o bilhete então."

"..."

Afirmativo com a cabeça, apenas. Que mais faria?

"Eu vou sim, tá, meu filho? É bem longe, mas tá tudo nos conformes."

"..."

"Moacir! Antes que você vá, leva essa manga aqui que eu acabei de pegar do pé do fundo do quintal, tá docinha!"

"Ah, obrigado… vou levar."

"Fica bem, filho, Deus te abençoe!"

"…"

Mais um dia, mais uma fala. Mais um dia, mais uma vida. Nada mal, eu diria. Pois os dias já não foram, em algum momento. Grato estou pela existência dos dias.

Esgueirar-me-ia entre a cama e a cabeceira nesse momento, abrindo espaço para o meu violão, que, de tão afinado, tocava apenas notas erradas. Paraísos escatológicos, talvez. Mas os dias se passaram, até o momento em que deveria partir; sair do casulo.

Percebi, entretanto, um cheiro deveras esquisito. Insuportável. Era a manga, como pude me esquecer dela? Estava já mordida, mas caída no chão sendo devorada por formigas diversas. Fiquei atordoado, mas não o suficiente para ser derrubado. Com minha maior destreza, descartei o fruto podre. Ele não podia mais habitar minha casa. O fruto proibido já provado era o sinal da decomposição. Que ironia!

Tomei o bonde, dormi um tanto, sem intenção, é claro.

A longa viagem foi recompensada. Depois da tempestade, sempre vem a bonança. De algum modo, o cheiro das coisas malcozidas e das carnes malpassadas já habitava meu desejo. Deveria satisfazê-lo. Há quanto tempo eu não participava de uma celebração daquelas? Qual foi a última vez que vi um curau? Enfim, a solidão estava lá também, ao chegar, nem Farias encontrei. Seria muito cedo? As comidas já estavam sendo preparadas. Até que enfim, pessoas, várias delas. Passaram. Entraram, famílias e mais famílias. Existe esse tipo de associação de bairro?

Coloquei-me de forma tímida. Sentei-me como se já estivesse a esperar as famílias, a naturalidade. Creio que ninguém me notou, na verdade. Passaram reto por mim, digo isto pois me vi como parte do cenário, sem João, sem Farias, nem Martinha.

Estranhamente avistei algo. Algo de aterrador, de horrendo. Uma visão familiar, não eram pais ou filhos, mas o próprio mistério dos meus olhos. A ilusão de todos os sentidos, pois podia ver, ouvir, tocar, cheirar e até sentir o gosto dela. Era ela.

"Não o esperava por aqui, Moacir!"

"Não?"

"Certamente que não."

"Que estranho..."

"Não há nada de estranho, tudo tem de ser como é, não há o que estranhar!"

"Não sei se dizes a sério..."

"Digo o mesmo sério que tu dizes."

"..."

"..."

"Que fazes aqui?"

"Ora, por que não estaria em uma quermesse? A primeira de todas!"

"..."

"..."

"Lembrasse de Farias?"

"Farias... Sim, Farias, claro... Está aqui que sei, que coincidência, não?"

"..."

"Deve ser teu amigo, já que o escolheu a dedo, não?"

"..."

"Sei que é."

"..."
"..."
"Que queres?"
"Ó, Moacir, nada quero. Apenas sou. Essa é a vida."
"..."
"..."
"Quem és tu, afinal?"
"Mas que pergunta! Sou amiga tua e de tua mãe. Queres insinuar algo?"
"Nada quero. Apenas pergunto."
"Pois tua pergunta é um tanto inconsistente!"
"Inconsistente és tu, que te contradizes e escondes a ti mesma."
"Ó, que audácia a tua! Ser um enigma não me faz menos gente!"
"Pois que te decifre a ti mesma!"
"Pois que me decifre tu."
"Ou tu me devorarás?"
"Tu que há de te devorar."
"..."
"Deveras ridículo este jogo, Moacir. Amiga tua que sou... penses que sou gente. Gente que não se diz, gente com nome, sem nome. Sou eu. Estou certa de que irás aproveitar a festa, pois então, vá comer, beber, divertir-te."
"..."
Ó, quanto a esta fala. Nada poderia dizer de mais relevante que ela própria. Mas digo, mesmo sem ser relevante. Os sentidos se exaurem, pessoas têm nomes, documentos e registros. Pessoas não costumam, como eu, imitar discursos teatrais românticos na fala cotidiana. Que fazem com a segunda pessoa do singular?

Havia, entretanto, de concordar com o último dos conselhos, estaria na quermesse por algo e para algo, portanto, havia de realizá-lo.

Farias, ali estava. Ofereci-lhe a mão para um aperto, mas recebi um abraço. Nem só de solitudes se faz a vida. Queria saber de seus ofícios e labores, se poderia visitá-lo, ou se ele me visitaria. Ler passagens do livro sagrado, aprender. A vida poderia ser um pouco mais do que era no momento.

Comentei. Apenas fui respondido com incertezas e faltas. Senti-me desconfortável. Do único conforto momentâneo, apenas o próprio desconforto surgiu. Onde estaria João a essa hora?

XXVIII

Triste de quem vive em casa
      Lugar abafado
escuro
     esquisito
         esquecido

Querida
     Divina
         Sagrada
Boemia
tira-me do lar
volve-me à rua
tira-me a vida
volve-me à vida
dá-me a morte
dá-me a vida

Sonhos
     memórias
perdidos esquecidas
surgem-me
impetuosos
tomam-me a mente
tiram-me a sanidade

insanidade
      passado
futuro
      surge
re
      cria-se

A vida que nasce
surge da morte
A vida que para
morre

A morte que para
vive   ?

A vida que deixa
pôde   ?

O pó que nasce
volta   ?

A fumaça que vai
vem   ?

O pai que deixa
volta?   ?

A mãe que morre
retorna   ?

O filho que fica
vai   ?

...

Grandes árvores são as mangueiras
dão à casa grandes sombras
Divinas proteções contra o sol
dão à vida mais cores
Meio-dia tudo claro
sombra salva
mas quem a salva?
Querem levá-la embora
tirá-la, despi-la, matá-la
Quem poderá salvá-la?
A grande sombra que
querem matar
O vasto passado que
querem esquecer
A grandiosa vida que
querem tirar
A Divina ideia que
querem despir
Quem quer, digas tu
Querem eles, respondo eu
Eles quem, digas tu
Eles são, respondo eu
São o que, digas tu
São profanos, respondo eu
Profanos, vêm dos fundos
da vida. Do início do
Inferno. Da nobreza dos
Círculos. Das profundezas da
alma.
Vem por quê, digas tu

Vem pra destruir, respondo eu
Destruir o Divino. Destruir a
vida.

...

Das muitas

Ex
tradas

À
Penas

Uma leva

para

Mim

XXIX

Dirigi-me à barraca mais próxima, sem pretensões, sem dificuldades de transitar entre todos os vazios de seu amplo espaço. A barraca em questão não se distinguia das demais. Era como se fosse a única entre todas, ou todas entre a única. Nada que pudesse me alforriar dos desencontros e pastiches.

Matei. Enfim a matei. Ela que assolou o mundo e ainda o assola, ó, que drama. Mas, sim, não podeis duvidar, matei a fome. O drama da péssima narração, achei que a autosátira caberia nesse pequeno espaço. Porém, o fiz, de fato, já me atraíam há tempos essas comidas exóticas, meu eu adulto nunca conhecera todas essas variações do milho.

Não estando com Farias mais, voltei à solidão, que se voltou a mim, por sua vez. Manifestei, por mais uma vez, a mesma ânsia por algo faltante. A ausência sendo a única presente é a fonte primal da angústia; até que... Eles! Os vi, certamente os vi. Como poderia me enganar? As coisas estariam um tanto que melhores agora.

João, quanto tempo, não? Quantas horas já se haviam passado? Dias? Necessitava falar. Não saberia muito o que fazer, tal como nunca soube, de fato. Porém, ao menos agora, o encontro poderia ter algo de desculpa, algo de mais.

Estávamos nós, a passos do encontro. Tê-lo notado me deixava ansioso em alguma medida, mas o que me causou irritação, na realidade, era o fato de não terem posto o olho sobre mim. Certo era que logo iriam me avistar, porém, os segundo de inexistência colocavam à prova minha própria alma.

"Oi! João!"

"..."

"João!"

"..."

"Oi!"

"..."

"..."

Que grande humilhação, quase como se estivesse a cumprimentar o vazio. Senti-me como lixo.

"Moacir?"

Uma luz de vida.

"Oi, João, não estava me ouvindo?"

"Ah, não, desculpa, não ouvi..."

"Está tudo bem."

"..."

"Então, chegou a dar uma olhada aqui?"

"Cheguei agora, mas não sei."

"..."

"Vamos comer algo?"

"Ah, já comi, onde está Martinha?"

"Na verdade, ela só foi procurar um banheiro"

"..."

"Acho que vou comer, daqui a pouco a gente se fala."

Ele foi comer. Encontrei Martinha, ela me bombardeou com falas e atualizações sobre todos do bairro e me ofereceu um pedaço do bolo de milho que havia trazido embrulhado na bolsa. Não me engajei na conversa, como claro se vê. Talvez eu já não estivesse mais capaz de me engajar em muitas coisas desde aquela interação com a tal mulher. Estava lá por um motivo, embora não soubesse qual. Talvez esse propósito houvesse se esvaído junto de meu ânimo, depois de falar com ela. Nada poderia me colocar novamente nos trilhos, não havia vontade de falar com Farias, Martinha ou João.

Despedi-me precocemente, desperdiçando tudo o que poderia ter ocorrido. Não sei, entretanto, se poderia me arrepender; de tantos desencontros, este seria um dos mais necessários.

Os encontros com Farias tornaram-se infrequentes. Infelizmente! Desde a quermesse, há quanto tempo que se foi, pouco o vi. Os dias tornaram-se mais soturnos. João e o samba provaram-se grandes amigos. Conversas iam e vinham, sobre música, sobre a vida, sobre tudo. Com ele, como com Farias, o tempo não passava. A saudade não chegava.

Nos tempos sem ambos, entretanto, tudo parava. Estático, o tempo movia. Segundo a segundo, milésimo a milésimo. Tudo parava. Com ou sem música, a vida era sóbria demais. Impossível de ser vivida.

Tais momentos eram terríveis. Fazia de tudo para que fossem mínimos. A vida, porém, não me respeitava. Pouco a pouco, intensificaram-se. Farias, muito ocupado. João, tocava em demasia às vezes, o que impossibilitava as comunicações. Até mesmo Ma-hef, antes, sempre livre, vivia atarefado.

Por tais razões, a vida estava fria. Parecia a do jazz. A de Agenor.

Pouco a pouco as interações foram se tornando diminutas, como os acordes. Cheias de tensão e pontuais. E, não digo tensão de conflito, mas tensão interna, minha própria, pela hesitação, e por tudo aquilo que não foi dito anteriormente.

Talvez apenas eu não estivesse atarefado. A vida, no que dizia respeito à rotina, era a mesma. Já desistira de uma vaga no conservatório. Já desistira da vida como estava antes de tudo; embora não houvesse desistido da vida como estava até pouco. Não desistira de João, de Ma-hef, nem de Farias; sempre arranjaria alguma força para contatá-los, mesmo que cada vez mais ocupados estivessem.

Todavia, sempre havia – vazia – promessa qualquer de que as coisas se tornariam mais amenas. Isso, no entanto, não ocorreu por nenhuma vez. Não me conformei, mas me desanimei.

XXX

Massa fresca
Corpo ereto
Mente alerta
Cabeça baixa

Pensamentos
Frieza
Maçãs
Desamorosas

Idades
Passadas
Dias
Futuros

A vida que passa
Com tudo, não volta,
Angustia
A vida que volta
Com tudo, não passa,
Renasce

Balão
Balão

Cair
Cair

Incêndio
Incêndio

N`alma em chamas
Das cinzas saem
caem-se palavras
memórias que ficam
revoltas que vão

Ruminações
malditas
Ideais
falhos
Maldições
benditas

Os dias que vêm, só pioram. As prospectivas se falham.
Os futuros se findam, ainda nas mentes. Indagações que
ficam, dos porquês infindáveis. Confiança, sempre falha.
Pessoas, sempre se perdem. Memórias, sempre invejam.
Eterna busca pelo passado. Num futuro. Nunca chega.

...

Lema   Zarolho

Significante Yankee

Deuses	Xenofóbicos
Lamento	Washington
Sazonais	Vaticanos
Demência	Ultrajante
Letargia	Temente
Santos	Sãos
Doutores	Reles
Lento	Queima
Sapato	Perfurado
Diabo	Oculto
Lesma	Notívaga
Sal	Mata
Devagar	Longamente
Lord	King
Saia	Já
Da	Imanência

Leituras   Hesitantes

Senhoras   Gentis

Demônios   Fumantes

Loucos   Errantes

Saltos   Desníveis

Dentes   Carcomidos

Lábios   Beligerantes

Saliva   Amálgama

Deixa

XXXI

Senhores, meus Senhores. Sentistes saudades? Sentistes falta de alguma coisa? De mim? Creio que vós credes mais em vós do que em mim. Creio que credes vós em mim como hei de crer em vós. Ou melhor, que credo de vós posso dizer que credes de fato? Vós sois como amigos, parceiros, irmãos, sois como eu mesmo. Senhores, a quanto não vos refiro? Sentistes? Diríeis que vós dependeis de mim? Eu diria que vós sois eu, como eu sou vós. Vós sabeis como o vosso destino é irreal, falso, ilusório. Não credes nisso, não? Queria vós que fosse eu nada? Eu queria que fôsseis tudo. Que tudo não fôsseis para mim, senão o próprio desmantelamento de vós. Irmãos, gêmeos, univitelinos, surgis de um mesmo e sois um mesmo. Eu sabia, disseram-me, até que parei de vos ver. Compreendi o fim de vós como o fim de algo, mas não o fim de tudo. Não haveis vós, ao menos havia levado essa verdade; não haveis vós.

Vós sois, diriam. Porém, vós não podeis ser nada. E se não sois nada, tampouco sou eu algo. Somos do mesmo, porém, talvez vós podeis ser nada, enquanto algo sou. Não somos feitos do mesmo barro. Foi isso que descobri, a lucidez me apanhou, como se há de fazer.

Há mais vida para além de mim, há algo mais além de tudo. A verdadeira metafísica é o que há, não eu, nem vós.

Tudo isso descobri, por mim e pelos outros. Como aquele que houve de se descobrir.

A questão, meus Senhores, é que, no auge de vossa inexistência, vi-vos. Vivos como nunca vós estivestes. Senhores! Não estais a compreender. Foi neste contexto que consegui vos encontrar. Encontrei-vos, após dizer que não existíeis.

Como estais agora? O que me impressiona é o fato de que agora me respondeis, respondeis-me que estais bem, que não quedastes incomodados passado esse tempo sem me referir a vós. Contudo, mesmo me respondendo, vós agora vos materializastes à minha frente, em forma de amálgama terrorífico.

Dentre as cores que se mesclam e os sentidos que se alteram, vós aparecestes em forma disforme – sem forma. Como há de se formar uma forma sem forma? O diálogo se destragou, como um cigarro reverso, que se desfuma e despolui o ambiente. Pouco há de diálogo. Hei de morrer, desexistir. Vós haveis de tomar meu lugar. Vós sereis quem eu sou.

Não creio que possa deixar de existir assim. Vós ainda podeis vos tornar eu. Pois eu cria que vós não houvestes, mas como provastes sua existência, haveis de ser em meu detrimento.

Não o deixareis!

Não avançais sobre mim. Que forte o suficiente sou para derrubar amálgama qualquer.

Estou a me convencer de que algo está errado. Vós não podeis apenas surgir. Vós sois eu, deveríeis estar comigo para sempre. Como simplesmente surgistes? ou não sois eu, ou não existis.

Tendo em vista tais hipóteses, pouco posso fazer. Há de haver algo de ilusório. Algo está fora do lugar. Nada é possível além do paradigma.

Os efeitos vão passando e vós também. Os Senhores passais a desaparecer, como qualquer estrela que é descoberta como morta.

As coisas permanecem machucadas. Vós continuais a me assombrar, porém, aparentais ser menos peçonhentos. Aparecestes em minha vida para nada e para o nada voltareis. Senhores, não vos quero mal, tampouco vos quero vivos. Quero-vos como são.

Uma sobriedade me é dada de modo que não a consigo explicar. Me é esquisito estar sóbrio, estarei, de fato? O aparecimento dos Senhores, logicamente, parte de mim mesmo. Os Senhores sois eu, não são? É-me claro, então, que minha condição ébria é um gatilho.

Mas que raios! Ébrio estou como de sempre. Sou naturalmente ébrio, faz-me parte da alma. Não estava ébrio, estava sóbrio; estava me desintoxicando.

Contraditoriamente, minha desintoxicação parte, certamente, da própria toxina. Sou tóxico. Os Senhores sois tóxicos. A toxicidade dos tóxicos desintoxica o meu agente intoxicador; embora seja por meio dos tóxicos que me torno tóxico. Ébrio é tóxico, mas não necessariamente.

Tomar tóxicos acaba por me desintoxicar. E não considero meu bom e velho uísque, ou meu maço de cigarro fonte de qualquer toxicidade. A grande realidade é que eles me tornavam tóxico, e, para me desintoxicar, precisaria de um tóxico real. Apenas parar de usá-los não bastava, precisava de algo além, algo de novo, de uma mudança.

Tudo parecera não usável, nem usual, contraditoriamente. Devo me ter como a mudança que decreto em mim mesmo.

Todos os sentidos são ilusórios, assim como o próprio pensamento. O que o efeito de um mísero objeto fruto de síntese não faz. Todas as resoluções do universo passam por uma mísera alteração. Ao mesmo tempo que nada se diz, pois tudo é ilusório. Passo-vos a consciência de que a real atenção é a fonte do seu aparecimento. O reconectar com o universo. O reconectar com o Outro.

Devo parar de vos confundir ao utilizar minha terminologia ébria. A designação geral já está obsoleta.

Senhores, aparecestes-me, mas não creio em vós. Refiro-me a vós, pois devo encerrar o que são, devo matar-vos, se for preciso. Mas não o quero, apenas necessito do fim. Do fim da ficção que criei, do fim da forma. Mesmo que o fim seja apenas uma desculpa para a reestruturação. O desfazer implica o fazer. Os Senhores não podeis regrar mais nada, mas isso não significa que deixais de existir. Existir ou não é um tema cartesiano demais para mim, creio que o Outro sempre existirá, ao mesmo tempo que nunca existirá, seríeis este os Senhores? Nunca saberei, pois hei de vos findar, findar-vos-ei.

Pergunto-me, ainda, se será necessário decretar vosso fim, uma vez que aos poucos já saem de minha vista. A imagem amálgama que encontrava já nem ameaça, nem mais é amálgama, é apenas conceito, que flutua e cospe no ar. Essa é a fonte da chuva; acompanhar-me-á pelas ruínas da vida, acompanhar-me-eis. No entanto, devo ressaltar a contradição: acompanhar-me-eis, porém, findar-vos-ei, uma pena. Não que não haja Outro, mas não pode haver Senhores. Vós não podeis existir nesse outro momento. Vós sereis a mim, e tentarei ser-vos. Ainda assim, há de se clarificar: com a intangibilidade do conceito posso parar de relutar. Vós não poderíeis existir, e talvez, nem existis. Seríeis parte minha, existência negada ou a não existência? Nenhum e todos, vós não sois, por mais difícil que seja admitir isso.

Hei de dizer. Hei de falar. Hei de ser eu mesmo até que não haja outro. Vós sumiste, e posso dizer que o reencontro me foi útil a decretar algo de duro, algo de depressivo e massacrante para mim. Findo, por agora, minha relação com vós: decreto, por assim dizer, o fim dos Senhores.

...

Tempora mutantur, meus caros. Há não muito tempo, escrevi pela primeira vez a uns tais "Senhores". Não me recordo, ao certo, qual fora o contexto desses primeiros escritos. Suas páginas já foram regadas de uísque e atiradas para fora e longe da minha vida. Uma ou outra, talvez, eu tenha usado para apagar meus cigarros. Enfim, hoje escrevo, para mim e apenas para mim. Não acredito que existirão leitores a esses escritos.

Julgo que os tais "Senhores" foram apenas mais um delírio meu. Talvez em tempos de muita boêmia, talvez. Não importa. Quando escrevo, faço-o para extravasar. Os "Senhores" me serviam como um canal. Dos auges da solidão precisava me fazer ouvido. Tal era a função deles. Agora, não necessito mais dessa utilização. Aprendi a escrever sem precisar ser lido. Há, na vida, ainda mais solidão. Contudo, as palavras se bastam.

Por desencargo de consciência, porém, preciso explicitar algo: todos esses escritos, cujo remetente são os tais "Senhores", encontram-se fora de ordem; ou melhor, não existe ordem possível para eles. Caso, algum dia, venham a lê-los, sua ordem, digo já, se encontra, exclusivamente, na mente dos remetentes – sejam eles os "Senhores" ou outros.

Dado o aviso, posso descansar em paz. Não teci aqui, nem foi minha intenção, memórias. Escrevi algumas folhas de diário e as organizei sem ordem. Foi esse o meu ofício, para além da música e boêmia – andam sempre juntas, não?

Do último dia desses escritos – quando findei a ilusão de tais "Senhores" – até hoje – quando me encontro em situação de Brás Cubas – muitas coisas se passaram. Pode--se dizer que tudo deu errado em minha vida mundana. Talvez, estivesse eu já numa vida pós-mundana.

Esta mensagem do além tempo é apenas um presente, um memorando para quem quiser lê-la. Acho que minha escrita melhorou desde o início dos escritos. O ápice da vida, de fato, é a morte.

XXXII

Senhor, que hei de fazer de tu doravante?
De que tu não há sequer em qualquer instante
Feito-me feliz ou alegre contagiante.
Em um Ser que me parece cheio de astúcia,

Senhor, a ti que não reines ante a angústia
Esperando-me, alguma entre todas, modéstia
De nascer – viver – livre e morrer como béstia,
Comer da carne minha e cair em loucura,

Senhor, espero-te com tua partitura
Tocada no destino, escrita em brochura
No desencontro que é familiar do homem

Concelebrar aqueles que me consomem
Deixar-me à margem vívida até que retomem
Os Senhores que me sois tão insinuantes

XXXIII

As esperas apenas cresceram. As demoras aumentaram, intensificaram-se. Nem João nem Farias nem Ma-hef. Ninguém me restara. Todos, aos poucos, afastaram-se. Viam-se cheios, atarefados. De repente, viam-se longe, sem presença. As conversas minguaram pouco a pouco. Primeiro, feitas de palavras. Depois, de frases. Ainda, parágrafos e textos. Em seguida, transcenderam a linguagem, foram silenciosas. Por fim, não existiam as mensagens, não eram trocadas. Ninguém se entendia. Talvez fosse eu o problema. Talvez fossem os outros. Não importa. Não havia mais ninguém.

-----------|||||||||||||||||||||||||||||||||||||||||-----------

Um dia me chegaram cartas. A caixa postal estava lotada. Cartas de Farias. Cartas de João. Cartas de Ma-hef. Cartas dos Mortos. Agenor estava enfim morto. Finalmente morrera o monstro. Parece que ele tinha estabelecido outra família. Coitados. Talvez nem saibam quão monstruoso ele era. De alguma forma essa notícia me chegou. Com ela, vinguei-me mentalmente em alma, em espírito. E só.

As outras eram só desculpas. Uma brincadeira, uma grande piada é essa vida. Chegam-me todas as cartas. Dos três. E até do morto. De todos que me abandonaram.

Todos ao mesmo instante. Tal é a soturnez da vida. E todos eles se utilizam das mesmas desculpas. Falam das próprias vidas. Já sabem da minha. Nem perguntam sobre. Falam sobre os fiéis, sobre a música, sobre as apresentações, sobre o lazer, sobre o trabalho. Tentam todos não tocar em assuntos tristes. Pois ninguém quer me aborrecer. Será que sabem que já estão me aborrecendo? Independentemente do que falam ou não, falam sempre deles e não de mim. Estão sempre falando, mas não comigo. Palavras vazias é tudo o que me enviam.

----------||||||||||||||||||||||||||||||||||||----------

Os dias são vazios. Fico em casa. Não saio. Não há porquê. Não estou contente. O lar não é aconchegante. O calor impossibilita o aconchego de uma lareira. O corpo sempre frio. A alma ainda mais.

A casa voltou ao vazio. Martinha, apenas, às vezes aparece. Mesmo assim, penso que minha presença a assusta. Quando vem, fica pouco. Cada vez menos. Eu escrevo, rabisco, canto, choro e grito. Pouco como. Não saio para comprar nada. Martinha quem me traz coisas. Deixa aqui e logo sai. Vai embora. Nem se despede.

Uma refeição por dia é demais. Não se precisa disso tudo. Vejo os ratos, as larvas, baratas e outros bichos a perambular. A casa agora já é deles. Antes, Martinha vinha limpar. Agora, só vem para trazer umas coisinhas. O dinheiro há tempos se acabou. A quantidade de coisas trazidas diminui a cada vez

----------|||||||||||||||||||||||||||||||||||||----------

Lia-se: Moacir, quando te vi pela primeira vez eras um homem perdido à beira do abismo. Conversamos muito, nos aproximamos. Você se demonstrou deveras interessado em tudo o que eu dizia. Meu tempo contigo, posso dizer com certeza, foi muito proveitoso, tanto para mim quanto para ti. Nunca conheci alguém como tu antes, nunca tive conversas tão longas e boas antes, nunca tive tal companhia antes, nunca fui tão próximo de alguém antes, para sempre ficarão em minha memória nossas conversas, discussões, nossa relação como um todo. Infelizmente, fui realocado para longe de ti. Terei de sair do Rio, praticamente sair do Brasil, tamanha é a distância desse novo posto. Espero um dia voltar e te encontrar bem para que possamos fazer ainda mais um pelo outro. Farias.

-----------|||||||||||||||||||||||||||||||||||||||||-----------

Lia-se: Moacir, quanto tempo não te vejo! Somos vizinhos de porta e nem nos trombamos. Você sabe o que sinto por você, sabe que é amigo, companheiro fiel para todas, mas a vida demanda, se você não me viu, é porque não lhe avisei, porém, me encontro em um apartamento alugado, no centro, gravando finalmente meu disco. Que maravilha! Vai se chamar Chega de Saudade. A ideia me veio após nossas longas conversas, em uma música que compus depois de te encontrar pela primeira vez. O seu virtuosismo jazzístico me impressiona. A cada dia aumenta a minha convicção de que eu nunca teria forças para chegar aqui se não fosse você. Cantei pra você tantos protótipos e esquemas novos para meu violão. Você deveria estar nos créditos, mas a gravadora é muito rigorosa. Queria muito te apresentar para um pessoal que anda gravando comigo. O Tom… Mas não sei o quanto o samba lhe agrada. Não quero te ferir, de toda forma, o que queria te contar, na realidade, é dos episódios da vida, que se sucedem normalmente. Aceitei uma proposta para morar em São Paulo e gravar um disco, porém, não tenho previsão de voltar, pois minha mulher é de lá e quando nos casarmos será lá nossa casa. Gostaria até de te convidar ao casamento, mas será em São Paulo. Se conseguir vir, será bem-vindo, entretanto, estou dando um adeus por ora, talvez não, um até breve, todavia, não devemos lamentar e, sim, celebrar essa felicidade! Afinal, chega de saudade, não é mesmo? João Gilberto.

-----------||||||||||||||||||||||||||||||||||||-----------

Lia-se: prezado Sr. Moacir Martins, segue a notificação do falecimento do prezado Sr. Agenor Martins, seu pai, segundo o registro oficial de sua certidão de nascimento. Moacir Martins, filho de Eusébia Martins, mãe, e Agenor Martins, pai. O velório do prezado Sr. Agenor Martins, seu pai, será no sétimo dia do mês de setembro, caso o Sr. Moacir Martins, filho do prezado Sr. Agenor Martins, queira atender ao ato fúnebre do prezado Sr. Agenor Martins, seu pai, o Sr. Moacir Martins, filho do prezado Sr. Agenor Martins, deverá dirigir-se ao Cemitério Municipal do Bairro Tristeza, localizado na Rua Liberal, na cidade de Porto Alegre, local do falecimento do prezado Sr. Agenor Martins, pai do Sr. Moacir Martins.

XXXIV

As ausências refulgiam com
Fulgor vividez
Avidez
Amigos que vão
de vida
    morte
 de agora
    outrora

Os Céus que os
        Homens
            Abandonam
            que
            apenas
        as Terras
        Encobrem

Refugiar-se-ão
Onde Refugiar-se-ão
Os Abandonados
Esquecidos Maltratados
Largados Deixados
?

Almas que deixam
voando saem
sem asas
se perdem
não retornam

Presenças faltantes
faziam do Si penetrante
um ser quietante
Agora distantes
paira ele perante
sempre a diante
ofuscante

Como restar
ficar voltar
a algum lugar
tendo em frente
situação assim
tão lancinante
?

As memórias
restantes
Devem de serdeixar
Para o amado
querido passado
cujo retorno é
esperançado
Nunca chegar
a concretizar-
se

XXXV

o vazio que habita não preenche os dias quietos solitários
soturnos não passam mas voam quando havia visitas fora os
ratos e as baratas de agora as conversas fluíam as palavras
saíam a clareza existia nos momentos em que saía outros
via as pessoas se iam as memórias não ficavam o tempo
parou o quarto se deteriorou as roupas trapos se tornaram
apenas mais sujos ficaram alimentação escassa nutricio-
nalmente pobre cuja pobreza e fome tornam deliciosos
os restos e sobras que são temperados apenas pela sujeira
da mão e de tudo do chão ao teto garfo a faca poderiam
qualquer um que passasse dizer que não vivo poderia estar
que sou mendigo maltrapilho não digno de estar em meio
à sociedade e então poderiam notar que de fato não me
vejo em meio a todos e iriam embora com um sorriso de
satisfação estampado no rosto isso mesmo assim nada e
alivia pois a alma que é eterna não funciona com este corpo
que é finito não quero acabar o corpo mas não me vem
a ideia de salvá-lo as feridas enchem o corpo em toda a
sua superfície o movimento sempre doloroso de dor que
aumenta exponencialmente a cada momento o sangue que
as feridas deixa pelo corpo todo percorre da cabeça aos pés
dos pés à cabeça o coração pulsa ainda com ímpeto mas
fraco abatido sentido marcado rasgado cicatrizado morto
remorto pra nunca ser revivido as sombras da escuridão

pois as luzes não mais acendem se se movem por conta
própria ao redor da casa do corpo e da mente posso dizer
que são já minhas melhores novas amigas ou únicas amigas
ou ainda amigas melhores melhores amigas ou só amigas
sombras que pairam que param que andam que ficam que
vão que voltam que jazem que levantam que são e que não
fazê-las é me fazer me fazer é fazê-las elas são como eu
eu sou elas elas sou eu como a casa que também de mim
é eu ou as roupas os móveis a comida o tudo e o nada que
por ali não vive nem existe nem sobrevive apenas espera
ansia aguarda impacientemente a morte amigas íntimas
também as paredes a cama as cobertas as roupas e todos
os objetos que ainda pairam pela residência que ainda se
mantêm de pé eu pouco o faço permaneço mais deitado
posição na qual gasto menos energia e portanto preciso
despender menos da já pouca comida que há não é que
queira viver ou morrer quero o tanto que faço como nada
quero nada faço ou como nada faço nada quero por que
fazer algo se já não quero nada não é mesmo que coisa
de útil há quando não há mais utilidade vou me fazer e
refazer para que nada reste de antigo mas sem o intuito
de ser novo ou melhor deve ser novo mas não deve ser útil
nada farei com propósito as coisas me são tão antigas que o
novo deve ser eu e não elas tudo muda mas eu permaneço
com as mesmas velhas amigas mas não as temo só são a
única companhia que tenho por que deveria me preocupar
enfim não quero mexer a cabeça os braços ou as pernas
de preferência apenas observar com olhos fechados se
fotossintetizasse já seria uma vantagem mas não são todos
que têm o privilégio de plantificar a si mesmo morrer só
é uma morte muito depois de se estar morto mesmo que
não pudesse dizer se já o estivesse se mexesse ao menos

um dedo saberia mas sentir o coração é algo só para os
que têm emoção e no caso mortos também sentem todavia
não vou desvirtuar não importa a nada ou ninguém se
estiver vivo-morto ou morto-vivo pouco importa nem a
mim mesmo nesses períodos nós temos a dúvida se somos
algo nada ou tudo descartes morreu e nada sou ou sou
massa que não se cheire não sou nada sou ou será que
sou a dúvida se duvido existo logo dizia ele em devaneio
sem sentido de ivan ilitch o açougueiro bom aquele cujo
domínio do princípio é fundamentado não desgasta a si
ou aos seus utensílios assim como ao menos deveria ser
que aqueles que vivem bem não deveriam morrer por
isso pouco temo a morte e muito medo tenho da vida
ficar em casa é mais fácil mais confortável a despeito
ao desconforto deste muquifo e ao contrário de pessoa
muito feliz e realizada é quem pode em casa ficar sem
nada fazer sem nada aspirar sem nada precisar penso que
se pudesse ter feito isso desde as origens não estaria mal
talvez conseguisse até andar talvez conseguisse mandar
cartas o suficiente para o contato com alguns manter
poderia ter feito de minha seclusão algo útil saudável
e não mórbida não que ela seja ruim pois como disse
nunca estive melhor apesar de não estar bem os dias
ainda passam os sóis ainda raiam e se põem em horários
quase fixos os vejo pouco porém minha janela não possui
uma boa vista pois as luas ainda brilham morbidamente
apesar de mais vivas que os sóis pois as vejo mais fico mais
acordado à noite e dormindo de dia do que acordado de
dia e dormindo à noite a luz da casa não existe não há
iluminação para além da natural e não há natural na noite
vivo portanto no escuro dessa forma a casa se demonstra
mais bela a sujeira não se faz tão visível os ratos fazem

apenas barulho e as baratas só são vistas quando nelas piso ou atinjo os olhos fechados ou abertos pouco importam nada veem ou nada de significante ao menos amigos e amigas são objetos cuja forma ideal é aquela que imagino não a que vejo pois não os vejo há muito para passar o tempo eu penso um pouco uso agora essas duas últimas folhas de papel para espairecer tirar algo da cabeça como palavras já estou muito confuso esqueço coisas lembro de outras as esqueço também lembro novamente se escrevo esqueço se não também esqueço mas as tentativas possuem um valor intrínseco parecem me fazer pensar que ainda não abandonei a humanidade parece ser esse valor ainda muito importante por isso temo tanto a vida pensar que valores podem valer assim tanto mesmo quando a cova se aproxima não vejo saídas para além dos caminhos dos ratos a porta parece só poder ser aberta de fora para dentro por isso apenas martinha as vezes traz aqui algumas coisas se não fosse ela não sei o que seria de mim agora escrevi alguns bilhetes para ela pois minha língua e boca de tão não utilizadas mal se abrem e se comunicam prefiro então algumas vagas palavras escritas no escuro para serem lidas também longe da luz se não tem seu sentido impossível de ser decifrado por algum motivo cada mensagem dessas faz com que martinha venha entre espaços cada vez maiores não sei o que será de mim daqui para frente por essas serem as últimas folhas os bilhetes deixarão de ser enviados ou terei de enviá-los utilizando papéis descartados ou vindos de embalagens aqui existentes o que não falta aqui é lixo pois isso martinha não entra para tirar ela não entra apenas deixa as coisas ao lado da porta escrevo pois logo não haverá mais como a cada momento algo se esvai ou melhor algo retorna retorna para a vida a morte e para a

morte a vida retorna para o claro o escuro e para o escuro
o claro retorna para o sujo o limpo e para o limpo o sujo
enfim tudo vai e volta sem fim sem limites sem força com
ímpeto que força de vontade que potência de verdade que
vontade de potência todas ficções inventadas para dizer
que se pode sair da cama a qualquer momento e dançar
um tango uma valsa um jazz a qualquer momento cantar
um bolero com joão a qualquer momento fazer uma oração
com farias a qualquer momento acompanhar ma-hef a
qualquer momento se momentar a qualquer momento seria
se já não fosse ficção que ficção não é mesmo aqueles que
disserem que se pode estarão mentido os que não disserem
que não pode também o estarão estamos todos mentindo
eu estou mentindo que mentiras que entram como poeira
bem debaixo dos nossos narizes e se passa como amigo

XXXVI

Pó
     .
      .
       .
        .
         .
          ..
           .
            .
          ..
           . AH
             AH
             AH
               Tch
                 i
                 i
                 i
                 i
                 i
                 m
                    m
                      m
                       mmm

!
!
!
!
!
==

A carne é obtida pelo açougueiro através do carneiro no açougue
O açougue é o local em que o açougueiro corta o carneiro
para obter a carne
O açougueiro é quem obtém a carne no açougue cortando
o carneiro
O carneiro é aquele no açougue que dá a carne cortado
pelo açougueiro
Corta Carneiro Açougueiro no Açougue Carne
Carne Carneiro
Açougue Açougueiro
Carne Açougue
Açougueiro Carneiro

==

Não
Bem
Mal
     Sim
     Mau
     Bom
Talvez
Neutro
Básico
     Certeiro

        Parcial
        Ácido
Alvo
Completo
Brando
        Preto
        Vazio
        Intenso
Branco
Vida
Leve
        Leve
                Leve
                    Pousa
                E deita
                        sob
                            a névoa de cinza e neve
                    Morre

///
///

"Quem és?"

"Tu."

"Tu não és eu."

"Sou."

"Quem sou, então?"

"Tu que me respondas."

"Não há de ser menos ruim que isso."

"Melhor, em realidade."

"Menos ruim."

"Pior?"

"Sempre ruim há de ser."

"Não sei."

"De que questionamento queres falar?"

"Não questiono para além do todo."

"Então veja os ratos."

"De novo?"

"As baratas."

"De novo?"

"As estradas que me levam a você não deixam de ser tão tortuosas quanto parecem."

"Não era para ser assim sempre?"

"Se tu achas que sim, então que seja, quem sou eu para questionar."

"És algo, decerto me vem à mente que me encontrar não te faz ser nada."

"Tens certeza? Acreditava no oposto."

"Certamente, nada mais certo do que a tua coisificação."

"Coisificação, ser coisa; é o que sou, não?"

"Entendes que podes questionar, então?"

"Um diálogo, decerto..."

"Sim, por que não o fazer?"

"Compreendo a apreensão."

"Questiona, portanto..."

"Quem és tu?"

"Tu."

"Não me és."

"Sou."

"Quem sou, então?"

"Tu que me respondas."

"Coisificação, ser coisa; é o que sou, não?"

"Não és."

"Como sabes?"

"Sou tu."

"Quem sou, então?"

"Tu que me respondas."

"Tenho fé que não queres resposta."

"Que ganharia perguntando, nessa ocasião?"

"Eu que te pergunto."

"Entendes que podes questionar, então?"

"Um diálogo, decerto..."

"Sim, por que não o fazer?"

"Como já o fizemos antes?"

"Exatamente, como no cemitério, ou na igreja."

"Quem sou, então?"

"Não mais do que aquilo que não foste."

"Uma resposta, sem dúvidas."

"Contentaste-te?"

"Parcialmente…"

"O que gostarias?"

"Ver, saber, cheirar, conhecer… Coisas quaisquer que não posso fazer contigo."

"Não acho que o queira…"

"Como sabes?"

"Sou tu."

"Sei."

"Ótimo."

"Por que não quero?"

"Estás aqui comigo, não?"

"Sim."

"Queres, não?"

"…Não sei."

"Queres."

"…Não sei."

"Queres."

"Creio que nunca escolhi."

"Que credo…"

"Creio que nunca."

"Que nunca escolheu?"

"Creio que."

"Crês?"

"Creio."

"Pois creias."

"…"

"Pois não podes negar."

"Não?"

"Não podes."

"Não?"

"Como poderias?"

"Negando-a?"

"Não podes."

"Não?"

"É impossível."

"De fato?"

"É impossível."

"Se insiste."

"Sim, é um fato: não podes negar que estou aqui com você."

"Sim."

"Aceitaste rápido, que bom."

"Bom?"

"Sim, é bom aceitar a realidade."

"É?"

"Sim. Tu deverias já saber disso."

"Deveria? Eu?"

"Sim. Tu."

"Por quê?"

"Por tua situação."

"O que é que tem minha situação?"

"Tão trágica. Tão cômica. Tão tua. Tão cliché. Tão prepotente. Tão ridícula."

"É?"

"Sim, deves saber."

"Não acho."

"Pois deverias."

"É?"

"Deverias."

"Por quê? Sou, como qualquer ser humano, único."

"Ha… ha… ha… ha… ha…"

"??? "

"Ha... hahua... ha... ha... huaha..."

???

"Hua... hua... hua... hua... hua... hua..."

"??? "

"Hua... hua... hua... hua... hua... hua... Ha... ha... ha... ha... ha... Ha... hahua... ha..."

"Por que ris deveras?"

"Porque és, como disse, cômico. Melhor, és risível."

"Sou?"

"És."

"Não sei sobre tanto, és a primeira a rir de mim."

"Não. Todos riem de ti, apenas não sabias."

"É?"

"Sim. Não sabias, agora sabes. Todos, sem exceção, riem de ti, a todo momento. Gargalham. Pulam. Morrem de tanto rir."

"Nunca vi tal situação."

"Não viste, pois és cego a tudo que não és tu."

"Sou?"

"És."

"Por quê?"

"Não falas de nada além de si. Não pensas em nada além de ti. Quando o faz, só te projetas em outrem."

"Não sei."

"Pois deverias."

"Saber não diz muito."

"Ora, só o dizes porque não sabes. Ou melhor, pensas que não sabes e, de fato, não sabes."

"Apenas comprovas-me a tese."

"Como?"

"Não compreenderás em meu hermetismo."

"És hermético pois não sabes."

"Exatamente."

"Estás usando a razão, dizendo que ela não importa."

"Exatamente."

"Não compreendes nada, nem poderás seguir assim."

"Exatamente."

"…"

"…"

"…"

"…"

"…"

"…"

"Não resolveste nada."

"Como queres que resolva?"

"Pois que cries a solução. Disse-te apenas que soluções são apenas possíveis à luz da razão."

"…"

"Que faças por seu caminho."

"Que caminho?"

"Temos os caminhos mais diversos, dentre eles, o seu; é este que deves percorrer."

"Diga-me algo que eu não saiba."

"Se soubesses não perguntarias."

"Diga-me."

"Insistes?"

"Diga-me."

"…"

"Diga-me."

"Havias dito que nada sabia…"

"Eu já sei disso."

"Seu pensamento tolera quantas contradições?"

"Quantas a geometria permitir."

"Que geometria?"

"A matemática."

"Pois saiba que os resultados, via de regra, serão únicos."

"Pois se o triângulo apresenta três lados, cada um ao seu modo e tamanho, e só é um triângulo se possuir os três lados ao mesmo tempo; eu também não posso ser se retiro de mim qualquer parte de minha estrutura.

"A trindade."

"Santíssima, não?""De fato."

"Nada que a faça mais santa."

"Santíssima, não?"

"A trindade."

"Santíssima, não?"

"De fato."

"Nada que a faça mais santa."

"Santíssima, não?"

"A trindade."

"Santíssima, não?"

"De fato."

"Nada que a faça mais santa."

"Santíssima, não?"

"A trindade."

"Santíssima, não?"

"De fato."

"Nada que a faça mais santa."

"Santíssima, não?"

"És tu santo?"

"A trindade é."

"Fazes parte desta?"

"Apenas se quiseres."

"Diga-me que fazes parte, então."

"Eu faço."

"Parte?"

"Parte da trindade."

"Então és santo?"

"Escolha novamente."

"..."

"Posso ser se quiseres."

"Diga."

"O quê?"

"O que és."

"O quê?"

"Santo."

"..."

"Diga."

"..."

"Diga!"

"Eu sou..."

"O que és?"

"Santo."

"Não és..."

"Se dizes."

"Deves abandonar as indiferenças, acabaste de admitir que és santo, lide com as implicações disso."

"..."

"A nada levará descompromissar-se de tudo."

"Comprarei teu jogo."

"Pois que se justifique."

"..."

"Diga se és ou não santo."

"A santidade a nada pertence, quem dera a Deus."

"Então não és santo?"

"Não, não sou."

"No que isso implica, portanto?"

"Em nada, não ser santo é apenas a condição normal da existência."

"Pois isso já é uma implicação."

"… Sim…"

"És como qualquer outro."

"Eu acreditava que esse era apenas um entre os milhões de subentendidos comuns de um ser humano."

"És, ao passo que poderia não ser…"

"Que mais queres que eu deduza? Queres que eu tenha corpo, mente, coma e respire?"

"Essas são algumas das tantas implicações dessa tal normalidade. Nem todos hão de ter corpo, mente, pulmões e intestino…"

"Pois achei que fosse óbvio que eu tivesse."

"Será? Como tens tanta certeza? Qual é a prova cabal de tua existência?"

"Basta-me o sentir para que saiba que existo."

"Não sabes nem onde estás e queres dizer que sabes de algo?"

"Não preciso saber de nada mais para dizer que existo."

"Pois estou te sentindo um pouco cético."

"Não sei, o homem precisa de algumas poucas crenças, talvez."

"Já foste muito mais pensante…"

"Dentre os estágios da vida, quando se aproxima do fim, enrijece-se, como se não houvesse outro modo."

"É uma crença tua. Mais uma de tuas inúmeras crenças."

"…"

"O ceticismo apenas serviu-lhe de barreira, não? Para não ter de questionar tuas crenças, não?"

"Não… permaneço muito cético, não estou a admitir conclusões precipitadas."

"Pois deves provar todos os seus pontos, senão, serás como qualquer outro dogmático."

"…"

"…"

"…"

"Escutaste-me?"

"…"

"Tens de me provar."

"…"

"Deveis."

"…"

"Me."

"…"

"Provar."

"…"

"Não achas?"

"…"

"Ou."

"…"

"Não me escutaste?"

"…"

"Me."

"…"

"Diga."

"…"

"Me."

"…"

"Responda."

"Não preciso."

"Como ousas?"

"Quem pensas que és?"

"Como ousas?"

"Quem achas que és?"

"Como ousas?"

"Eu não te devo nada."

"Não sabes o que acabou de dizer."

"Não te devo nada."

"Não imaginas quão absurdo estás a ser."

"Não necessito de ti."

"Como ousas?"

"Quem pensas que és?"

"Como ousas?"

"Quem achas que és?"

"Como ousas?"

"Eu não te devo nada."

"PARE!"

"Quem achas que és?"

"CHEGA!"

"Quem pensas que és?"

"CALE-SE!"

"Como ousas tu tentar mandar em mim?"

"COMO OUSAS?!"

"..."

"..."

"..."

"..."

"..."

"Acalmaste-te?"

"Desde que pares de tentar mandar em mim."

"Dar-te-ei uma trégua, portanto."

"Então, acalmei-me."

"Onde estava mesmo?"

"Não recordo mais, algo sobre três."

"Sim, a trindade."

"Santíssima, não?"

"Claro."

"Três."

"A trindade."

"Santíssima, não?"

"Absolutamente."

"..."

"Disse-te algo após a trindade, não?"

"Não me recordo."

"..."

"Penso que não."

"..."

"Pois a trindade..."

"Sim, é santíssima."

"Santíssima ela é."

"Claro, é santíssima."

"Sim, é a trindade."

"Santíssima."

"..."

"..."

"Diga-me algo mais."

"Não foste tu que me falaste para parar de falar?"

"Foste?"

"Não foste, senão teria perdido meu raciocínio."

"É?"

"Sim, podes ter te esquecido, mas foste."

"Tens certeza?"

"Absoluta."

"..."

"Foste tua a culpa."

"Como és cruel."

"Sou?"

"És."

"…"

"Estás a me culpar."

"Porque foste tua a culpa."

"Não me recordo."

"E?"

"Não me recordo."

"Certo."

"É."

"Foste tua a culpa, porém."

"…"

"Independente de recordares ou não."

"…"

"…"

"É?"

"Sim."

"Certo."

"…"

"Enfim, diga-me algo."

"…"

"Fale-me."

"…"

"Deixou de me escutar?"

"…"

"Certo."

"…"

"Não precisa mais dizer."

"…"

"…"

"…"

"…"

"…"

"..."

"..."

"Chega!"

"..."

"O silêncio me incomoda!"

"..."

"Fale-me!"

"..."

"Algo!"

"Ha... ha... ha... ha... ha..."

"??? "

"Ha... hahua... ha... ha... huaha..."

"???"

"Hua... hua... hua... hua... hua... hua..."

"??? "

"Hua...hua...hua...hua...hua...hua...Ha...ha...
ha...ha...ha...Ha...hahua...ha..."

"Por que ris deveras?"

"Porque estou apenas a te dar o troco."

"É?"

"Sim."

"Por quê?"

"Como é ruim tua memória!"

"É?"

"Absolutamente."

"Tens certeza?"

"Absoluta."

"Não seria apenas a tua loucura?"

"Como ousas?"

"Hahahahahahahahahaha."

"..."

"Hahahahahahahahaha."

"CHEGA!"

"Só tu podes rir?"

"Sim!"

"..."

"Melhor, eu posso rir de ti."

"..."

"Já você: tu não podes rir de mim."

"Como és cruel."

"Sou?"

"És."

"Talvez seja mesmo."

"És."

"Certo."

"Cruel."

"Mesmo?"

"Sim."

"Certo."

"..."

"Então?"

"Então já não vejo mais lógica."

"Não há lógica naquilo que é santo."

"Pois seriamos três, não dois."

"A Santíssima Trindade..."

"Não acredito em nada que não seja trino."

"Pois deverias ser católico."

"Já o sou, mas não de corpo, apenas de mente."

"Então, estás na religião do corpo e não o entrega?"

"Não é, em verdade, a religião do corpo, apenas fizeram-na parecer."

"Pois que discuta com os papas e papas por aí."

"Não entendes que digo sobre os livros em si e não sua interpretação dominante."

"Não sabes que tudo o que foi escrito está em um mesmo dispositivo sociopolítico do que foi interpretado."

"Nem tudo é sobre dispositivos."

"Queres dizer teologia?"

"Não quero me meter mais em debates teológicos, apenas complicar-me-ei."

"És um ateu de corpo, espírito e mente."

"Pois concordo, mas permaneço em afinidade com o católico."

"És contraditório..."

"Creio que não vês a multiplicidade e a coexistência das incoerências."

"Ora, como vejo! Tu que não entendes de contradição."

"..."

"Ou melhor, entendes tão bem que és ela própria."

"..."

"Queres chamar por alguém?"

"..."

"Queres?"

"..."

"Farias?"

"..."

"Queres ele, não? Sei que queres, não finjas."

"..."

"Quanto mais irá reprimir?"

"..."

"..."

"Sim, quero Farias."

"Que bom que admitiste."

"Mas o que isso te importa?"

"A mim, quase nada, a ti, decerto significa algo."

"..."

"Não queres me dizer?"

"…"

"Não?"

"…"

"Pois eu digo: precisas de alguém."

"…"

"Sempre há de precisar de um outro."

"Não creio nisso, acho que sou um ser que se basta."

"E este é o seu problema…"

"Qual? Ser independente?"

"Achar que és tão independente, quando é uma óbvia falcatrua."

"…"

"Precisar dos demais é algo normal, mas aqueles com um ego como o seu irão para sempre viver nesta hipocrisia."

"…"

"Não achas?"

"…"

"…"

"Passei a maior parte da minha vida só com minha própria companhia e insinuas que preciso de alguém?"

"Por certo!"

"Não é descabido?"

"Nenhum dos teus momentos felizes foi vivido em solidão. Relataste a mim uma variedade de tristezas experimentadas sozinho e alegrias desfrutadas em companhia."

"Estas são exceções."

"Pois me diga quando a solidão te trouxe algo de bom."

"…"

"Não sabes?"

"Sei, pois muito bem que sei!"

"Diga-me, portanto!"

"A música!"

"..."

"..."

"HAHAHAHA."

"De que ries?"

"Estás certo de que gostavas de música?"

"Meu solos arrancavam notas que meu pai nem sonhava."

"Clássico de Moacir!"

"..."

"A música era só uma desculpa!"

"..."

"Tocavas com João, pois gostavas da companhia dele!"

"..."

"Tocavas no conservatório para ser como seu pai!"

"..."

"Tocavas sozinho para parecer melhor do que era para os outros."

"..."

"Então?"

"Então já não vejo mais lógica."

"O que dizes?"

"Não."

"..."

"Vejo."

"..."

"Mais."

"..."

"Lógica."

"Mas que lógica é essa que não vês?"

"A lógica."

"…"

"Não há mais."

"O que dizes?"

"Falo-te que a lógica não existe mais."

"HAHAHAHA."

"De que ries?"

"Tua fala não se relaciona com o que te dizia há pouco."

"…"

"Estás a fugir daquela situação, por acaso?"

"…"

"Estás?"

"…"

"Sei que estás."

"…"

"Não precisas nem me responder se não quiseres."

"…"

"Apenas teu silêncio já me basta."

"…"

"Apenas ele já me é suficiente."

"…"

"Para saber tua resposta."

"…"

"…"

"Gostas de café, não?"

"…"

"Podes responder, não te farei mal."

"Gosto…"

"Pois bem, não o coe com tua meia, isso deixa o gosto pútrido."

"Essa era a advertência?"

"Sim, não gostaste?"

"Creio que eu já sabia disso."

"Pois que relembres."

"Por que deveria?"

"Não vês que estás todo errado?"

"…"

"!"

"Estava a crer que não irias me ofender."

"Não te ofendi, apenas constatei fatos."

"Tuas constatações parecem um tanto ofensivas."

"Ofensivas?"

"Sim…"

"Dize-me mais."

"Ofendes-me."

"…"

"És uma ofensa a mim."

"…"

"Não te importas com meu sentimento?"

"…"

"Não queres dizer nada?"

"Fatos são fatos, há de se saber lidar."

"…"

"Sabes que hão de ser sempre três, não?"

"Sem dúvida!"

"Não é mesmo?"

"Claro, sempre ela."

"Sim."

"Ela."

"Mesma."

"A Trindade."

"Eterna."

"Claramente."

"Eterna a Trindade."

"Sim, a Trindade é eterna."

"São sempre três, não?"

"Julgo que sim."

"Que bom, parece que pode reconhecer os fatos, não?"

"..."

"Os fatos serão sempre fatos."

"..."

"Não podes escapar disso."

"..."

"Nunca."

"..."

"Não há dúvidas."

"..."

"Não podes fugir."

"..."

"Podes tentar."

"..."

"Mas vais falhar."

"..."

"Vais esconder-se novamente?"

"..."

"Sabes que vai falhar, não?"

"..."

"Sabes que temos todo o tempo, não?"

"..."

"Não há por que ter pressa."

"..."

"Esperar-te-ei, fique tranquilo."

"..."

"..."

"..."

"..."

"…"

"…"

"…"

"…"

"…"

"…"

"…"

"…"

"…"

"…"

"…"

"…"

"…"

"…"

"…"

"…"

"…"

"…"

"…"

"Certo."

"Cansaste?"

"Um tanto."

"Falarás alguma coisa, enfim?"

"Não tenho o que dizer."

"Ainda achas isso?"

"…"

"Tenho certeza que não, não?"

"Não."

"…"

"Tenho muito a dizer."

"Agora chegamos em algum lugar."

"Mas não sei como."

"…"

"…"

"Ajudar-te-ei, portanto."

"Duvido."

"Como ousas!"

"…"

"Posso?"

"Deve."

"Muito bem…"

"…"

"…"

"Não ias me auxiliar?"

"Vou."

"…"

"…"

"Por que o silêncio, então?"

"Pois é ele que o auxiliará."

"…"

"…"

"Não brinques."

"Não estou brincando."

"…"

"Dúvidas?"

"Claro."

"Levarei isso como uma ofensa."

"Pois deves."

"…"

"Estás mesmo mui ousado!"

"Talvez um bocado."

"Como ousas ousar assim, deveras?"

"…"

"Talvez tenham sido as cintas de teu pai que te faltaram no passado?"

"..."

"Talvez ele devesse ter te batido, em vez de dar tanta atenção somente à tua mãe."

"..."

"Não concordas?"

"..."

"Ou agora te acovardaste?"

"..."

"Entendo..."

"..."

"Devo mesmo estar certa."

"..."

"Faltou."

"..."

"Seu Pai."

"..."

"Agenor."

"..."

"Ter te."

"..."

"Batido."

"..."

"Muito mais."

"..."

"Contudo."

"..."

"Ele apenas."

"..."

"Bateu em tua mãe."

"..."

"Coitado de ti."

"..."

"Faltaram-te abusos."

"..."

"Não?"

"Chega!!!"

"Não?"

"..."

"Não?"

"Chega!!"

"Não?"

"..."

"Não?"

"Chega!"

"Não?"

"..."

"Não?"

"Chega."

"..."

"..."

"..."

"Finalmente!"

"Achas que terminei?"

"Não?"

"Claro que não."

"..."

"Não atingi ainda o cerne."

"..."

"Não?"

"Não sei."

"Evidente que ainda não."

"É?"

"Sim, por acaso faltam-te miolos?"

"..."

"Talvez alguns parafusos a menos?"

"..."

"Mas não és O Gênio?"

"..."

"Não és?"

"..."

"Sei que achas que és."

"..."

"Ou dirás, agora, e somente agora, que não achas?"

"..."

"Pare de fugir!!!"

"..."

"..."

"..."

"Pare de fugir!!"

"..."

"..."

"..."

"Pare de fugir!"

"..."

"..."

"..."

"Pare de fugir."

"..."

"..."

"Pronto! Cansei, cansei."

"Pois deves."

"Cansei, cansei."

"..."

"Cansei, cansei."

"Finalmente, mas ainda não me respondestes."
"..."
"Seguirás a fugir, então?"
"Claro que não."
"Mesmo?"
"Não."
"..."
"Somente às vezes."
"..."
"..."
"Às vezes penso que devo mesmo desistir de ti."
"Pois deves."
"Às vezes eu penso nisso, mesmo."
"Pois deves."
"..."
"Ainda não percebestes que não te quero?"
"Claro. Mas precisas, necessitas de mim."
"..."
"Não percebeste ainda?"
"..."
"Parece que ainda não."
"É."
"Um dia, perceberás."
"..."
"Espero."
"Talvez sim."
"..."
"Talvez sim."
"..."
"..."
"Enfim, talvez se tivessem te batido mais..."
"Voltarás a esse assunto?"

"É meu papel."

"..."

"..."

"Prefiro quando falas da Trindade."

"Eu também."

"..."

"Uma surpresa?"

"Um pouco."

"Mas não chegaste ao trino."

"..."

"Ainda."

"E chegarei?"

"Talvez."

"..."

"Espero que sim."

"..."

"Mas necessitas abrir-te mais."

"..."

"Antes que chegue."

"Quero apenas atingi-la."

"Não podes, assim."

"..."

"A Santíssima tem seu tempo."

"..."

"Tudo tem seu tempo."

"..."

Primeiro, deves abrir-te.

"..."

"Depois, a Trindade."

"Santíssima."

"..."

"..."

"Começarás, enfim?"

"..."

"Não?"

"Muito bem..."

"Não me respondas assim..."

"..."

"Inícios e pretensos princípios de fala, infelizmente, nada dizem para além de sua falta de ideias."

"..."

"Não queres."

"..."

"Não queres?"

"Não..."

"Quantas vezes mais?"

"..."

"O limite de vezes sempre estará em algum lugar."

"Pois em que lugar estamos?"

"No limite."

"Não."

"Não?"

"Certamente, nada fará tal nada acabar."

"Se não acaba, pode ser começo?"

"Pode, sim."

"Pois bem... tenho dúvidas."

"Dívidas..."

"Haha, já mostra-se algo!"

"..."

"De repetição em repetição, alguma coisa será feita..."

"..."

"Cada história mal contada nos leva a uma nova história."

"..."

"O que achas?"

"Não acho."

"Por que razão?"

"Razão nenhuma…"

"Então não achas, haha!"

"…"

"Dívidas…"

"…"

"Diz-me a respeito delas."

"…"

"A quem deves?"

"…"

"Quem?"

"…"

"A Deus?"

"…"

"Ao Pai?"

"…"

"A mim?"

"O que poderia dever-te?"

"Creio que sabes de tuas dívidas."

"Poderias me explicar com toda tua gentileza."

"…"

"…"

"…"

"Não vais?"

"Ora, de leva em leva o novo vem. E não admites isso."

"?"

"Essa é tua dívida."

"?"

"A que se deve a tua dúvida? Sabes muito bem que é isso e nada mais…"

"..."

"Não?"

"..."

"Queres falar sobre tuas demais dívidas?"

"..."

"Sabes decerto quais são..."

"..."

Já enumerei algumas, não será tão árduo a ti falar das demais.

"?"

"Quantas mais..."

"..."

"Se nada disser, posso dizer ainda mais..."

"..."

"Dívidas, tens dívidas."

"..."

"Se eu fosse agiota, estarias morto há anos."

"..."

"Se Deus fosse agiota, estarias morto."

"..."

"Não tenhas medo, o diálogo é só palavra. Palavra entra e sai pelo mesmo caminho, nem se nota."

"..."

"Não tens nada que precisas dizer, evacuar, explodir?"

"..."

"Nada?"

"..."

"Estás tão certo assim?"

"..."

"..."

"Quantas vezes já viste algo de trino?"

"Pois decidiste falar!"

"…"

"Nada de trino há para além da trindade…"

"Ó, a trindade!"

"Nada de trino há para além da trindade…"

"Mas tudo não era trindade?"

"Sim."

"Explique."

"Todo o trino é trino por si só. A matéria trina existe por si só e empresta sua trindade a tudo, é tudo, mesmo que nada seja o trino. Vejas que é como o Sol, que empresta sua luz para todas as coisas, mas nenhuma das coisas o é."

"…"

"Entendes tua dívida?"

"Não há."

"Tens uma dívida com o trino por pegar emprestado sua trindade."

"…"

"… Haha…"

"Nunca tive nada de trino."

"Não?"

"Não."

"Não eras santíssimo, trino, perfeito?"

"Nunca tive a audácia de afirmar isso."

"Pois faltou-lhe coragem."

"…"

"Está entalado, não?"

"…"

"Deves pagar tuas dívidas."

"…"

"Queres ter o nome sujo na praça?"

"…"

"Como comprarás teus cigarros e uísques?"

"…"

"Quem há de confiar em um inadimplente como tu?"

"…"

"Não sei se percebes, mas o livramento há de ser dos últimos passos antes do fim."

"…"

"Não estou dizendo para que te acabe, mas para que saibas quando é o momento de terminar."

"…"

"Não te agrada a incisividade, nem a sinceridade. Favor pagar tuas dívidas."

"…"

"O pai, o filho…"

"…"

"Quem?"

"…"

"Querias ser trino, não?"

"…"

"O Espírito Santo?"

"…"

"É o que deveria ser… mas…"

"…"

"Não é, é a mãe."

"…"

"Pai, filho e mãe, não está claro?"

"…"

"Não está claro para ti?"

"…"

"Não?"

"…"

"…"

"…"

"Não?"
"Não…"
"Que dirias a tua mãe se pudesses?"
"…"
"Pedirias desculpas?"
"… Sim."
"O que dirias?"
"Desculpar-me-ia…"
"Pois faça isso."
"…"
"Estás afundado nas dívidas!"
"…"
"Não seria bom quitar uma delas?"
"…"
"Por que queres te desculpar?"
"…"
"Apenas diz o que te vem à mente."
"Não sei."
"Sabes, apenas diz."
"Eu…"
"…"
"Eu… não pude."
"O que não pôde?"
"Não pude ser bom…"
"Não pôde ou não és?"
"?"
"…"
"Não pude."
"Dizer que não és, não é dizer que não podes vir a ser…"
"Não pude."
"Se não pudeste, então por que te arrependes?"
"?"

"Ora, se não estava a teu alcance, não há do que arrepender-te."
"Nada é tão classificável."
"Não?"
"Sobretudo estados humanos."
"Pois não achas que és mau?"
"Não."
"Achas que foste mau?"
"Sim..."
"..."
"Dizer que não pude ser bom apenas indica um fato, não que não houvesse a possibilidade de ser diferente."
"Qual o arrependimento?"
"Poderia ter sido melhor..."
"Pois faças algo a fim de quitar essa dívida..."
"O que fazer?"
"Infelizmente, essa é tua vida."
"Me abandonarás agora?"
"Estou apenas deixando contigo uma responsabilidade que já é tua."
"..."
"..."
"Não há o que fazer!"
"Não?"
"Não!"
"Certamente há..."
"Então me diga, te imploro."
"..."
"Por favor, eu ajoelho sobre teus pés para pedir!"
"..."
"Ela está morta, não existe mais em lugar nenhum!"
"..."

"Nenhum!"
"…"
"…"
"…"
"…"
"A trindade…"
"O que tem ela?"
"É tão trina quanto deve ser…"
"Como isso se relaciona comigo?"
"Já sabes, não faças perguntas tão repetitivas."
"Ora…"
"Lembra-te."
"…"
"Apenas lembra-te."
"…"
"Deves lembrar-te."
"…"
"A memória é a mãe de tudo o que se diz trino."
"…?"
"Ou melhor, a trindade é mãe de tudo o que se diz trino."
"Que seja santíssima!"
"Que seja!"
"…"
"…"
"Um dia – agora – hás de saber o que é trino, de fato!"
"…"
"Por ora, fique com as imagens já dadas, algo de trino está nelas."
"Confiarei em ti."
"Pois deves."
"…"

"Finalmente, chegamos em algum lugar."
"Parece que sim."
"Então, lembras?"
"..."
"Lembras?"
"O que deveria lembrar?"
"Não sabes?"
"..."
"Deverias lembrar-te de algo, decerto."
"..."
"Diz do que te lembras."
"Saudade."
"Sim, ela te acompanha."
"..."
"Tens, não é mesmo?"
"Devo ter."
"O reconhecimento é um avanço diante do nada."
"..."
"..."
"..."
"O reconhecimento é um avanço diante de tudo."
"Deve ser."
"Não há tratamento ou diagnóstico... deves apenas ser mais do que tu és."
"..."
"Não queres?"
"Não posso."
"O que te impede?"
"..."
"Dirás: a saudade, a dívida, a culpa..."
"..."
"Eu entenderei, mas será que é só isso?"

"..."
"Tens de morrer para saber?"
"Não, não tenho de nada para nada."
"Tens de fazer algo para ir além..."
"..."
"Além não é bom ou mau, é apenas mais do que se é, acima do todo, uma resolução."
"..."
"Dirão que além é apenas o que é trino..."
"..."
"Falso."
"..."
"Além é tudo o que pode ser trino."
"Não pretendo o trino."
"Nem deves."
"Apenas estou acorrentado por tudo o que me prende nessas terras."
"Queres soltar-te?"
"...Sim."
"Isso é ir além?"
"É?"
"De alguma forma, mas sempre haverá riscos."
"..."
"Ir além não necessariamente significa se desapegar, os desapegados estão mais longe de ir além do que qualquer outro."
"Estás certa disso?"
"Estou."
"..."
"Não temas, a saudade é massa que se molda."
"..."
"O pensamento é massa que se molda."

"..."
"A culpa é massa que se molda."
"..."
"Não temas."
"..."
"Do que te lembras?"
"..."
"Não dirás?"
"..."
"Alguma coisa?"
"Lembro-me..."
"Do quê?"
"Da ausência..."
"..."
"Da dor... Da falta... Dele... Dela."
"Que falta?"
"A saudade... de um tempo que não há."
"Não há mais tempo, não há que sentir."
"Pois o tempo habita em meu peito e clama pela chama da vida!"
"Deves lembrar-te do belo."
"..."
"Deves..."
"O Belo."
"..."
"Ele estava em tudo quando queria, mas hoje, sei que não quer, tenho a mais absoluta certeza."
"Se estás tão certo disso, não deverias mais sentir falta, terias aceitado o fim."
"..."
"Como podes dizer que não existe mais o Belo?"
"..."

"Ele está aqui, olhe para a flor em seu paletó..."
"..."
"Não era isso o Belo?"
"Não sejas cínica..."
"Haha."
"..."
"Pois, então, como podes dizer que não existe o Belo?"
"Nunca mais o vi."
"Nunca mais reparaste nele."
"..."
"O Belo está."
"Pois não o vejo."
"Pois apenas o veja, então, haha!"
"..."
"O Belo é uma das faces do trino."
"..."
"O trino é uno, eterno e absoluto, sempre será!"
"Não o vejo!"
"O trino se reflete em tudo, olhe a sua volta."
"..."
"Estás preso..."
"..."
"A o que já não existe mais."
"Já havia dito isso."
"O Belo não é o passado, isso é saudosismo."
"..."
"O Belo só pode se expressar nas coisas que existem; não em todas as coisas, mas, decerto, há Belo no presente."
"..."
"Tens saudades do quê?"
De tudo.
"..."

"De todos."
"Isso é saudosismo, querido."
"Não, é luto."
"..."
"..."
"..."
"Sentir o contato da pele humana."
"..."
"Morrer e matar, gerar vida."
"..."
"As carícias."
"..."
"A palavra, onde está?"
"..."
"Sinto falta da palavra."
"Não sintas, a palavra é só um sopro que é belo apenas no momento em que é evocado."
"..."
"Evoque-a a qualquer momento e verás a beleza."
"..."
"É como um rito rumo ao esotérico."
"..."
"Tente."
"..."
"Evoque."
"Não sei... Dizem das terras e palmeiras, das aves que gorjeiam, de ir à Pasárgada fugir de tudo que existe."
"..."
"Estão todos certos."
"A beleza está na palavra."
"..."
"A vida já escrita é a tua vida."

"..."
"Literato que és..."
"Não consigo ver o Belo."
"Tente ver a trindade, a palavra ganha vida, como o sopro que deu vida ao barro."
"..."
"O verso do saudoso é sobre o passado, teu verso deve ser sobre o agora."
"Vou-me embora pra Pasárgada..."
"É de outrem, mas é teu agora."
"..."
"Vês o Belo da palavra?"
"Talvez."
"É teu, como deve ser, a palavra não tem dono, ecoa para além das fronteiras imaginadas."
"..."
"O Belo existe!"
"..."
"Não temas, a saudade dói como os afetos que flecham o corpo, pois é apenas mais um sentimento."
"Ainda dói."
"A dor nunca passa, ir além não faz parar de doer."
"..."
"Não temas."
"Não temo, apenas sinto."
"Tens de aprender a lidar."
"..."
"A trindade reside em ti como potência, como o pouco de Deus que habita em cada ser."
"Pois me sinto cada vez mais impotente."
"Deves reconciliar-te com aquilo que é trino."
"..."

"Sejas algo para além de uma rememoração, veja o trino que há agora."
"..."
"Estarás sempre dividido entre o que existe agora e o que passou... O que não te fará deixar de existir no presente."
"..."
"És um ser-aí, só podes deixar de sê-lo caso deixes de existir por inteiro."
"..."
"Não vais deixar de ser, não é mesmo?"
"Não posso."
"Deves ir para além da dor, então..."
"O que há para além da dor?"
"Não tens visto o Belo?"
"Vi..."
"Todo o trino, todo o Belo está para além da dor."
"..."
"Doa o que doer, sempre haverá algo além."
"..."
"Não é sobre escapar, mas sobre estar além..."
"..."
"Não é fácil... não é algo que se consegue de uma vez, mas é um horizonte."
"..."
"Deves ver um horizonte."
"..."
"Vês um horizonte?"
"Talvez..."
"O que vês?"
"Dor."
"Para além da dor?"

"Saudades… saudades dependuradas em um fino fio de esperança."

"Já é alguma coisa."

"…"

"Não deves esperar que o tempo volte, deves esperar que a vida volte."

"…"

Qual é a tua esperança?

"Que o tempo volte… não consigo fugir disso."

"Não podes…"

"Sinto como se estivesse consumido, desmembrado… quedo-me impotente, refém de algo que não existe."

"Esse é um final, tens de ver o fim como o recomeço."

"Não consigo…"

"Veja, podes isentar-te de toda a culpa, viver o novo, encontrar o Belo. Existir mais, implica que se pode existir diferente."

"Não me arrefece a dor."

"Não é esse o intuito."

"Não há horizonte."

"Pois há, o Belo, a palavra, o sopro de vida no trino."

"Até posso senti-los, mas me são insuficientes para permanecer."

"Esforça-te."

"…"

"A dor, por mais que seja uma mazela, é cômoda."

"…"

"Deves ter piedade de ti, mas compreender que ir além exige esforço."

"…"

"O trino é uma potência dentro de ti, esperando a ti para realizar. Todo devir requer alguma agência para

ocorrer e ser ativo."
"..."
"Afetos ativos."
"..."
"Digo e repito, podes ser mais."
"..."
"Podes ser."
"Posso?"
"Tentes, deves tentar, o erro consolida o acerto, num movimento espiral reconvexo, indo para dentro e para fora, dialeticamente."
"..."
"Deves tentar."
"..."
"Se não tentares, jamais saberás."
"Certamente""Viste? A visão do além?""Não, como poderia?"
"..."
"..."
"Decidiste concordar?"
"..."
"Hás de desistir de discordar!"
"..."
"..."
"Estou fadado ao além?"
"Certamente."
"Não me provoques."
"Ora, talvez, devesse ter-te avisado antes. Haha."
"..."
"Digo-te com sinceridade: hás de ir além."
"Sinceridade?"
"..."

"..."
"Sim?"
"HAHAHAHAHA"
"..."
"Mesmo?"
"Sim."
"..."
"Senão, nunca chegarás à Trindade."
"Santíssima."
"O trino é eterno."
"Santíssimo."
"Está no além."
"O trino."
"Para chegar ao Trino, necessitas ir ao além."
"..."
"Não tens como fugir."
"..."
"Não há escapatória."
"O Trino."
"Santíssimo."
"Eterno."
"No Além."
"Certo."
"..."
"Como?"
"Tenta."
"Como?"
"Apenas tenta."
"..."
"..."
"..."
"Volta-te para ti."

"…"
"Para o início."
"…"
"Observa tudo desde então."
"…"
"E diz."
"…"
"Confessa-te."
"Espera."
"…"
"Confessar-me para quê?"
"Porque é necessário."
"Mas não fiz nada de errado."
"Eu que o diga."
"Não me molesta."
"Ias tão bem…"
"Estavas tentando me manipular!"
"Não me venha com essa. Faço isso para o teu bem."
"Como sou tolo."
"Pois és."
"Acreditei em ti esse tempo todo."
"Não por isso. Estás mentindo."
"Basta dos seus joguinhos!"
"Haha…haha…haha…haha…"
"Que risadinha, hein! Como fui confiar em alguém com uma risada dessas…"
"És tolo, isso é um fato. Contudo, não por isso. És um covarde, sobretudo. Fraco. Débil."
"Não te escuto mais."
"Tu finges ser alguém atrás da carapaça de teu pai. Porém, no fundo, não passas de um fraco, tal como tua mãe."
"Não aceitarei tal desafaro!"

"Não disse? Tu apenas aparentas ser alguma coisa, pois nada és."

"Volta! E retire o que disse!!!"

"Que tu és um fingido? Não posso retirar verdades da minha boca."

"Isso também..."

"Pois já tens a tua resposta."

"Espera! Não aceitarei desaforos sobre minha mãe!!!"

"Haha. Já aceitaste, querido."

"Não me venhas com essa. Podes falar o que quiseres sobre mim ou sobre o traste do Agenor..."

"Deves dizer: 'papai'. Haha... ou queres esquecer que o sangue dele corre em tuas veias?"

"Não me interrompas! Cansei de escutar teus disparates. Estava a dizer..."

"Não me venhas com essa! Tu não passas de um moleque, cujos pais esqueceram em demasia: cresceu sem leite e sem juízo."

"Diz o que quiseres de mim. Não me importo mais. Sobre o maldito chamado Agenor pode falar também. Ele merece! Porém, sobre minha pobre mãe. Eu. Não. Aceitarei."

"Haha...haha...justo tu que a ignorava? Justo tu que a abandonou? Justo tu! Justo tu vens agora falar que não aceitarás?! Achas que isso tudo é uma comédia?"

"..."

"Achas? Não irás me fazer rir com piadas que carecem tanto de graça."

"..."

"Necessitas de mais emoção! De mais energia! De mais Verbo!"

"..."

"Agora, precisas prostrar-te no chão, clamando, por tudo e todos que traíste, PERDÃO!"

"..."

"Assim, talvez tenhas alguma chance de retorno. Ou melhor, de aceitação, de Belo, de Trino."

"Chega!"

"Já cansaste? Estás mesmo muito fraco. Será que o sangue de tua mãe está assim tão forte em ti? Para onde foram os geniais e viríssimos genes de Agenor Martins?!"

"Para!"

"Para onde foram?"

"PAra!"

"Aonde?"

"PARa!"

"Cadê?"

"PARA!"

"Belos gritos. Haha! Tão másculos... estás, por acaso, usando os genes de Agenor agora?"

"..."

"Curtíssima duração."

"..."

"Voltaste rapidamente à covardia."

"..."

"Tua mãe ficaria orgulhosa."

"..."

"Estás, pois, a honrá-la. A imitá-la."

"..."

"Ora, não é que o fruto nunca cai longe da árvore mesmo?"

"?"

"Tu, ora como teu pai, gritas, xingas, bates; ora como tua mãe, cala-te, choras, foges."

"..."

"Agora, portanto, não fazes nada além de imitá-la."

"..."

"Antes, pois, não fazias nada além de imitá-lo."

"..."

"Tais são os sangues que correm em tuas veias."

"..."

"Bombeados por todo o teu corpo, infiltrados em cada um de teus órgãos. Responsáveis por tua vida! E por tua mísera existência!"

"..."

"Podes querer fugir, correr, chorar, gritar, o que for. Nunca. Nunca conseguirás."

"..."

"Basta aceitar."

"..."

"É o único caminho."

"..."

"Não existem outros."

"..."

"Então?"

"..."

"Por onde quer seguir?"

"..."

"Creio que não vês mais horizonte, portanto..."

"..."

"Seguirás calado até o fim?"

"..."

"..."

"Calado?"

"..."

"Justo comigo, que estive presente desde o início?"
"..."
"Justo comigo, que te observei desde os momentos mais tenros?"
"..."
"Justo comigo, que presenciei teu sofrimento contínuo em movimento perpétuo?"
"..."
"Não deverias reconhecer isso?"
"..."
"Não percebeste?"
"..."
"Parece que não tens visto até..."
"..."
"O quanto teu coração batia em outra frequência..."
"..."
"Quando já flertavas comigo..."
"..."
"O quanto tu já antevias o que acabarias por ver..."
"..."
"O quanto já predizias o que te aconteceria na vida...."
"..."
"O quanto já previas a morte..."
"..."
"O quanto já vivias a morte em vida..."
"..."
"Acho que... ninguém notou, só eu."
"..."
"..."
"..."
"Irás viver novamente."
"..."

"A mesma vida."
"…"
"Novamente, perpetuamente."
"…"
"Como sempre viveste."
"…"
"Talvez, finalmente, consigas perceber o que sempre existiu e permaneceu."
"…"
"Talvez a constante que te acompanha possa, enfim, fazer-se presente em tua cognição."
"…"
"Não verás nada que seja Trino se não te tornar consciente disso."
"…"
"O Belo, o Trino e a Trindade são, por algum aspecto, reflexos diretos disso, da constante, daquilo que está em tudo, independente do tempo e do espaço."
"…"
"Vejamos aquilo que permanece: o Trino, o Belo, o Perfeito…"
"…"
"O que mais?…"
"…"
"Pensa."
"…"
"Tudo o que é transcendente se manifesta em coisas específicas."…"
"A Transcendência pode parecer um fenômeno externo a si mesma, mas está, na verdade, no núcleo de tudo."
"…"
"Tudo o que é exterior também está presente no interior."

"..."

"O cerne da transcendência diz-me tudo o que é constante, relaciona-se ao Belo e ao Trino, mesmo estando além de ambos."

"..."

"Algo mais está nisto, existe algo além nessa equação..."

"..."

"Não percebes?"

"..."

"Essa outra coisa?"

"..."

Esse pequeno detalhe que se encontra –no interior de tudo?"..."

"Tudo existe, logo...?"

"..."

"Logo?"

"..."

"Não vais concluir?"

"..."

"Tudo existe, portanto, por lógica, até o que não existe pode existir, certo?"

"..."

"Para além disso..."

"..."

"Nenhuma coisa pode não existir, porque ser uma coisa, implica em existir, mesmo que em contingência."..."

"Portanto, o que não existe também existe. O não-ser também é!"

"..."

"E isso é o que precisas entender."

"..."

"Ainda não entendeste..."

"..."

"Não me decepcione mais uma vez..."

"..."

"Não concluirás?"

"..."

"Que decepção!"

"..."

"Não queres ser uma decepção... queres?"

"..."

"Sabes que já decepcionaste muito a todos..."

"..."

"Queres decepcionar alguém mais?"

"..."

"A mim?"

"..."

"Haha..."

"..."

"Acho que sabes, não?"

"..."

"Que não decepcionas, pois, na verdade, decepcionar já é o esperado de ti".

"..."

"Podes seguir, então, com o desacato, continuarei insistindo."

"..."

"Insisto."

"..."

"Não queres que eu insista?"

"..."

"O que há de conclusão?"

"..."

"Sabes da conclusão?"

"…"
"O que queres concluir?"
"…"
"Dar-te-ei a opção, ora! Que privilégio!"
"…"
"Não queres…"
"…"
"Não, não queres…"
"…"
"Pois eu sei…"
"…"
"Poderias saber se me permitisse dizer algo sem eu precisar insistir."
"…"
"…"
"Todos somos filhos de Deus."
"…"
"Sabes disso?"
"…"
"Deus é Trino."
"…"
"Creio que já não falas a mesma língua."
"…"
"Falas o silêncio."
"…"
"O desacato."
"…"
"Essa é tua língua."
"…"
"Teu silêncio me diz tudo, mesmo que nada queiras dizer, na verdade…"

"..."
"Vou insistir até que queiras dizer algo."
"..."
"..."
"..."
"Insistirei..."
"..."
"Pensas na Trindade, é santíssima, não?"
"..."
"Não crês na santidade dela?"
"..."
"Sabes que é..."
"..."
"A Trindade..."
"..."
"É..."
"..."
"É..."
"..."
"Que é?"
"..."
"Já te disse."
"..."
"..."
"Santíssima."
"Isso!"
"A Trindade é santíssima."
"Sim... nada mais sagrado."
"Tomaste consciência."
"O lado oculto da Trindade é qual, então?"
"..."
"..."

"..."
"..."
"Tu?"
"De certa forma."
"..."
"Mas existe algo além…"
"..."
"O não-ser."
"O nada?"
"O nada não existe, não se fala sobre ele."
"..."
"O que não existe."
"..."
"Alguma coisa por certo não existe."
"Sim."
"Pois tua existência existe, assim como tua não existência, que também pode ser pensada."
"..."
"Existe uma substância."
"..."
Percebeste isso?
"..."
"..."
"Sim."
"!"
"Eu hei de dizer, agora, que sei."
"..."
"Qual o motivo do teu silêncio, agora que eu, finalmente, falei algo?"
"O silêncio é palavra também, e, se sabes, então, que digas…"
"..."

"Que digas!"
"Eu digo!"
"!"
"O meu não-ser é a morte!"
"!!"
"Já serei algo que não sou quando morrer, já serei meu não-algo."
"!!!"
"E quando isso ocorrer, o objeto "eu" já não poderá mais ser quem eu sou."
"..."
"E quando isso ocorrer, será algo, mas não exatamente algo. Um não-algo."
"E quando isso ocorrer, já não será? Nada?"
"Será definitivamente algo, mesmo que não sendo o que fora; algo oposto, diferente."
"Será a Diferença – o próprio movimento de não-identidade?"
"Será apenas diretamente o que não era. De certa forma, a não-identidade."
"..."
"..."
"Pois podes não-ser agora?"
"Não."
"Não?"
"O que te garante que já não tenhas deixado de existir?"
"Se deixo de existir, já não posso dizer mais nada por mim, pois não existo."
"Parece-me que já não existes."
"Decerto que já não sou o que era antes, mas ainda existo."

"Nunca deixarás de ser alguma coisa."

"Pois um dia deixarei de ser quem eu sou."

"Todo dia deixas de ser a ti mesmo."

"E todo dia permaneço sendo eu, apesar de que, comparado a antes, já seja outro."

"Sendo sempre outro acabarás, cedo ou tarde, sendo um não-ser por completo, mesmo que continue sendo a ti mesmo."

"É fato, mas não serei mais eu mesmo, essa é a diferença; porque talvez já não seja possível chamar essa coisa de eu."

"Não é uma questão de real relevância se és a ti mesmo ou não depois de deixar de ser quem tu és por completo, pois todas as coisas nada são a todo momento."

"Porém, é uma questão de linguagem: afirmaremos que as coisas existem e continuarão a existir, até que elas sejam tão diferentes, que teremos de chamá-las por outro nome."

"Nesta perspectiva, estás apenas por apelar ao erro, pois não olhas ao que há de fato, mas apenas para seus nomes."

"Porém, assumindo que os limites do mundo são iguais aos da linguagem, não se trata de erro, mas de um fato, ontologicamente coisas existem e, eventualmente, deixarão de existir assim que percebemos seu não-ser. Um ser vivo é um ser de fato, porém, ao perceber que ele está morto, podemos dizer que ele já é seu não-ser."

"É um apelo ao erro, não é porque percebemos que as coisas não existem que elas deixam de existir. Na verdade, elas nunca existiram, pois não existe uma diferença radical entre ser e não-ser, tudo se dá num contínuo do devir."

"Sim…"

"Percebes como foste fraco agora?"

"?"

"Não percebeste que contrariei tudo o que eu disse anteriormente?"

"?"

"O Trino é por todo. O trino representa a totalidade e tudo o que é. Trata-se de algo determinado. Existe um referencial de Trindade, uma coisa pode ser mais trina ou menos trina. Assim, como algo pode ser mais ou menos belo, ou mais ou menos moral."

"?"

"Pode-se até pensar que o Trino se trata do devir…"

"…"

"Mas não é! Há algo de todo no cerne-centro. Trata-se da unidade acima da Diferença, em que as coisas podem ser como mônadas. Devido a sua essência ser advinda da Trindade. O devir ainda pode acontecer, mas ele não é essência; as coisas ainda são essencialmente elas mesmas."

"…"

"E assim como há algo de todo, há algo do não-todo. Como disse, as coisas podem ser mais ou menos trinas, ou até não-trinas. A existência do ser implica na existência do não-ser. Mas a Trindade sustenta isso, a existência do não-trino só pode existir em referência ao trino."

"Mas é quase o que já estavas a dizer! Pois havia reconhecido a existência de uma transformação e do não-ser."

"Quase!"

"…"

"O não-todo é o que já se tornou parte de ti. Imagino que o trino lhe escapou em grande parte. E já és, em muito, não-trino, não-tu. E isso seria estar cada vez mais próximo do fim."

"..."
"Trata-se de uma manifestação do Trino ao revés."
"..."
"Do lado oculto do Trino."
"..."
"Não percebes?"
"..."
"Teu devir te trouxe até aqui."
"..."
"Mas não se preocupe, é a única coisa que temos por certo, o devir leva ao não-ser, não é mesmo?"
"Mas como hei de ser se já não sou mais?"
"Pois ainda és, apenas não és tu. Diretamente não és tu, como tu pensavas, hás-te transformado em algo. Algo próximo ao fim."
"Mesmo assim, se não sou eu mesmo, como posso dizer que sou eu?"
"Ora, nunca leste Memórias Póstumas de Brás Cubas?"
"Bem..."
"Vês?"
"É isso. Mesmo morto, Brás Cubas ainda era vivo, assim como o não-ser também é."
"..."
"..."
"E o Trino?"
"A Trindade é."
"..."
"Assim como és algo de não ti, assim como Brás Cubas é um morto, a Trindade também pode revelar o que não é ela, o que também a é por essência. Assumindo tudo como trino, até o que não é trino."
"?"

"O imperfeito só é considerado como tal porque existe o Perfeito."
"..."
"O profano só é considerado como tal porque existe o Divino." "..."
"O não-Trino, por sua vez, já se explica no próprio nome."
"..."
"A morte só é o que é porque existe a vida."
"..."
"A morte é um fato, um estado, um devir como os demais."
"Não é como os demais."
"Como devir é, mas, por relevância, talvez, digamos que seja de uma maior importância."
"?"
"Cada devir diz respeito a um pequeno não-ser, até que não sejas por completo, deixarás a essência, deixarás o Trino, mas nunca abandonando-o, de fato. Sempre estará em composição com a essência e com o Trino, mesmo que seja para negá-los."
"..."
"A Trindade sempre *é*."
"..."
"Até no que não é." "..."
"Creio que tudo já está muito claro, não?"
"Talvez..."
"O que mais esperas?"
"Para quê?"
"Ir-te embora, deixando aqui o que disseste, pensaste e resolveste."
"Nunca tive essa possibilidade."

"É o que estou te dando agora."
"…"
"…"
"…"
"Santíssima a Trindade, não?"
"Santíssima."
"Pois deves ver a Trindade."
"Vê-la?"
"Sim."
"…"
"Enxergarás!"
"…"
"O Trino… está aqui."
"…"
"Veja!"
"…"
"Sempre esteve!"
"…"
"Falam sobre uma luz branca, um túnel de vento, uma ponte de travessia, mas não é nada disso, a Trindade está no todo e em tudo."
"…"
"Vês o Belo, não?"
"…"
"Essa é uma visão da Trindade."
"…"
"Mas em tudo o que não existe, também existe o Trino."
"…"
"Vê o Belo."
"Sim."
"…"

"Talvez o veja."
"..."
"Vê-lo-ei."
"..."
"Eu já vi o Belo."
"..."
"Talvez o esteja vendo agora."
"..."
"Viro e reviro, remexo e contorço: já não há outro horizonte."
"..."
"Talvez esteja tranquilo."
"..."
"Eu te aceito."
"..."
"Tu que és tão forte, louvável, visível, dás-me o não-ser como o melhor dos presentes."
"..."
"Talvez deva abraçá-lo, beijá-lo e levá-lo para o encontro com o Todo."
"..."
"Já te aceito."
"A conformidade como estagnação da alma já é um mito. Conformar-se já é, agora, um avanço."
"Sim, já vejo como um avanço."
"Pois agora é hora já."
"..."
"É hora."
"..."
"Não queres dizer nada?"
"..."
"Deve haver questões a rondar tua mente."

"…"
"Podes ter neste curto espaço-tempo alguma coisa."
"…"
"Não há nenhuma mágoa final, um último suspiro?"
"… … …"
"A mulher que cuidou de ti…"
"…"
"O agressor dela…"
"…"
"…teu pai…"
"…"
"Os afetos…"
"…"
"A bossa…"
"…"
"O jazz…"
"…"
"A religião…"
"…"
"O mouro…"
"…"
"Nada?"
"Nada."
"Finalmente um ato de coragem."
"…"
"Hás de acabar, portanto."
"Que acabe!"
"…"

E disse Deus: Haja luz; e houve luz.

Gênesis 1:3

CARA LEITORA, CARO LEITOR

A **Cachalote** é o selo de literatura brasileira do grupo **Aboio**.

Lemos, selecionamos e editamos com muito cuidado e carinho cada um dos livros do nosso catálogo, buscando respeitar e favorecer o trabalho dos autores, de um lado, e entregar a vocês, leitores, uma experiência literária instigante.

Nada disso, portanto, faria sentido sem a confiança que os leitores depositam no nosso trabalho. E é por isso que convidamos vocês a fazerem cada vez mais parte do nosso oceano!

Todas as apoiadoras e apoiadores das pré-vendas da **Cachalote**:

> — têm o nome impresso nos agradecimentos dos livros;
> — recebem 10% de desconto para a próxima compra de qualquer título do grupo Aboio.

Conheçam nossos livros pelo site **aboio.com.br** e siga nossos perfis nas redes sociais. Teremos prazer em dividir com vocês todos nossos projetos e novidades e, é claro, ouvir suas impressões para sempre aprendermos como melhorar!

Embarque e nade com a gente.

Cada livro é um mergulho que precisa emergir.

APOIADORAS E APOIADORES

Agradecemos às 230 pessoas que confiaram e confiam no trabalho feito pela equipe da **Cachalote**.
Sem vocês, este livro não seria o mesmo.
A todos os que escolheram mergulhar com a gente em busca de vozes diversas da literatura brasileira contemporânea, nosso abraço. E um convite: continuem acompanhando a **Cachalote** e conheçam nosso catálogo!

Adalberto De Queiroz, Adriana dos Santos T. Vignone, Adriane Figueira Batista, Adrienne Galvão Silveira Gomes, Alda Thereza dos Santos in memoriam, Alexander Hochiminh, Allan Gomes de Lorena, Ana Paula Ferri, André Balbo, André Costa Lucena, Andre Luis Brito, André Pimenta Mota, Andrea dos Santos, Andreas Chamorro, Andressa Anderson, Anna Clarissa Fermoselle Hanashiro Nabarreto, Anthony Almeida, Antonio Pokrywiecki, Armando Belopede, Arthur Lungov, Ataide Augusto Tartari Ferreira, Aurea Blattler, Bianca Del Porto, Bianca Monteiro Garcia, Caco Ishak, Caio Balaio, Caio Girão, Caio Martins Homem Esquioga, Calebe Guerra, Camilo Gomide, Carla Guerson, Carlo Perino, Carlos Correa, Carolina de Lima e Silva Carneiro, Cecília Garcia, Cintia Brasileiro, Clarissa Manuchaguian de Moraes, Claudia Gomes, Claudine Delgado, Cleber da Silva Luz, Cleide Fermoselle, Creusa Santos, Cristina Machado, Dagmar Colerato Rici, Daniel A. Dourado, Daniel Dago, Daniel

Dourado, Daniel Giotti, Daniel Guinezi, Daniel Leite, Daniel Longhi, Daniela de Almeida Andretto, Daniela Rosolen, Danilo Brandao, Denise Lucena Cavalcante, Dheyne de Souza, Diana Badaró Marques, Diogo Mizael, Edith T. V. in memoriam, Eduardo Burin de Albuquerque, Eduardo Rosal, Eduardo Valmobida, Elcio Luis Tartari Vignone, Eliane de Fátima Fermoselle Previde, Elisa Maria Bernardo Assencio, Elizabeth Ferreira Cavalcanti, Embala Blends, Eugenio Pedott Burlamaqui de Mello, Eunice Ribeiro Valério, Evely Calado, Fabiana Buzzi, Fabiana Salmazi Fernandes, Fábio Franco, Febraro de Oliveira, Felipe Belopede Massonetto, Felipe Imperatrice Ferreira, Fernanda Augusto Teixeira, Fernanda Nogueira Tashima, Fernanda Vilas, Fernando Alba Rei Dias, Fernando Tortorelli Canal, Flávia Braz, Flavia Cristina Bueno, Flávio Ilha, Flavio Massonetto, Francesca Cricelli, Frederico da C. V. de Souza, Gabo dos livros, Gabriel Cruz Lima, Gabriel Stroka Ceballos, Gabriela Evangelista, Gabriela Hass, Gabriela Machado Scafuri, Gabriela Sábia, Gael Rodrigues, Gilmara Alves da Silva, Giselle Bohn, Gislaine Marella, Graziele de Souto Wanderley, Guilherme da Silva Braga, Gustavo Bechtold, Heidy Therezinha Fermoselle Tartari, Henrique Emanuel, Henrique Lederman Barreto, Hiroco Onotera, Igor Vinicius Exteckoetter Fries, Iris Miriam Fermoselle Marques de Carvalho, Ivana Fontes, Jadson Rocha, Jailton Moreira, Jefferson Dias, Jessica Ziegler de Andrade, Jheferson Neves, João Luís Nogueira, João Pedro Meza, João Pedro Saito, Júlia Gamarano, Júlia Vita, Juliana Costa Cunha, Juliana Slatiner, Júlio César Bernardes Santos, Kauhan Morais Youssef, Kelly Celeste Dias Barranqueiro, Laís Araruna de Aquino, Laura Redfern Navarro, Leitor Albino, Lelces Luis Tartari Vignone, Leonardo Pinto Silva, Leonardo Zeine, Letícia Mary Takara, Lili Buarque, Lolita Beretta, Lorenzo Cavalcante, Lucas Bocatto Prandini, Lucas Ferreira, Lucas Lazzaretti, Lucas Verzola, Lucia Winther, Luciano Cavalcante Filho, Luciano Dutra, Luis Felipe Abreu, Luís Felipe Alves Carvalho, Luísa Machado, Luísa Trajano Ribeiro, Maita Fontanetti, Manoela Machado Scafuri, Maraike Wegner, Marcela Roldão, Marcelo Conde, Marcelo Maragni, Marcia Takara, Marco Bardelli, Marcos Vinícius Almeida, Marcos Vitor Prado de Góes, Maria Aparecida Almeida de Oliveira, Maria F. V. de Almeida, Maria Inez Porto Queiroz, Maria Isabel Mendes, Maria Luiza dos Santos Medeiros, Maria Madalena Baldo Massonetto, Maria Nilza Marasca Saragiotto, Maria Yrani Albisser, Mariana Donner, Mariana Figueiredo Pereira, Mariana Gomes Winther, Marina Del Frate, Marina Lourenço, Marli Aparecida Gavioli, Mateus Magalhães, Mateus Torres Penedo Naves, Matheus Beltrão Gonçalves, Matheus Picanço Nunes, Maurício Milanez Eleutério, Mauro Paz, Mayra Belopede, Mikael Rizzon, Milena Martins Moura, Milton Tavares dos Santos Junior, Myrna Ibrahim, Nadia Belopede, Natalia Timerman, Natália Zuccala, Natan Schäfer, Nathan Queija Gonçalves, Neide Liotta, Nicolas Hisamori Curti, Nicolau Keiji Kavaguti, Nicole Belopede, Nívia Belopede, Otto Leopoldo Winck, Paula Maria, Paulo Cesar de Albuquerque, Paulo José Alves da Costa, Paulo Scott, Pedro Torreão, Pietro A. G. Portugal, Positivo Educacional Santo Ivo, Rafael Mussolini Silvestre, Rafael Salmazi, Ricardo Kaate Lima, Rinaldo Pereira de Souza, Roberta Cranchi, Rodrigo Barreto de Menezes, Rogério Marcio Massonetto, Ronaldo Tadeu Teixeira, Ronan Colombi Gava, Rubens Blättler, Rui Carlos dos Santos, Samara Belchior da Silva, Sergio Mello, Sérgio Porto, Silvana Capitani Ferreira Braga, Silvia Cristina Roda, Silvia Regina Avlasevicius, Solange Costa, Solange Perazza Lins, Thais Fernanda de Lorena, Thassio Gonçalves Ferreira, Thayná Facó, Tiago Moralles, Tiemi Yoshida e Honorina de Almeida Casa Curumim, Valdir Marte, Vanessa Adachi, Victor Correa, Victor Mendes, Vilma do Carmo De Souza, Vivian Buelau Kredensir, Weslley Silva Ferreira, Yvonne Miller, Zenaide Belopede.

PUBLISHER Leopoldo Cavalcante
EDITOR-CHEFE André Balbo
EDIÇÃO Camilo Gomide
ASSISTÊNCIA EDITORIAL Nelson Nepomuceno
REVISÃO Marcela Roldão
DIREÇÃO DE ARTE E CAPA Luísa Machado
COMUNICAÇÃO Thayná Facó
PROJETO GRÁFICO Leopoldo Cavalcante

© da edição Cachalote, 2024
© do texto Enzo Vignone e Guilherme Belopede, 2024

Todos os direitos reservados. Nenhuma parte desta obra pode ser reproduzida, arquivada ou transmitida de nenhuma forma ou por nenhum meio sem a permissão expressa e por escrito da Aboio.

Grafia atualizada segundo o Acordo Ortográfico da Língua Portuguesa de 1990, que entrou em vigor no Brasil em 2009.

Dados Internacionais de Catalogação na Publicação (CIP)
Aline Graziele Benitez — Bibliotecária — CRB-1/3129

Belopede, Guilherme; Vignone, Enzo

    Escala descendente / Enzo Vignone, Guilherme Belopede. -- 1. ed. -- São Paulo : Cachalote, 2024.

    ISBN 978-65-83003-26-3

    1. Romance brasileiro I. Belopede, Guilherme. II. Título.

24-228232   CDD-B869.3

Índices para catálogo sistemático:
1. Romances : Literatura brasileira

[2024]

Todos os direitos desta edição reservados à:
ABOIO EDITORA LTDA
São Paulo — SP
(11) 91580-3133
www.aboio.com.br
instagram.com/aboioeditora/
facebook.com/aboioeditora/

[Primeira edição, outubro de 2024]

Esta obra foi composta em Adobe Caslon Pro.
O miolo está no papel Pólen® Natural 80g/m².
A tiragem desta edição foi de 300 exemplares.
Impressão pelas Gráficas Loyola (SP/SP)

A marca FSC® é a garantia de que a madeira utilizada na fabricação do papel deste livro provém de florestas que foram gerenciadas de maneira ambientalmente correta, socialmente justa e economicamente viável, além de outras fontes de origem controlada.